U0919892

诗集Ⅱ

尖锐的信任丛书

Acute Trust Series

臧棣 著

·桂林·

JIANRUI DE XINREN CONGSHU

图书在版编目（CIP）数据

尖锐的信任丛书 / 臧棣著．—桂林：广西师范大学出版社，2019.8
（臧棣诗系）
ISBN 978-7-5598-1893-5

Ⅰ．①尖… Ⅱ．①臧… Ⅲ．①诗集－中国－当代 Ⅳ．①I227

中国版本图书馆 CIP 数据核字（2019）第 117952 号

广西师范大学出版社出版发行
（广西桂林市五里店路 9 号　邮政编码：541004
网址：http://www.bbtpress.com）
出版人：张艺兵
全国新华书店经销
广西民族印刷包装集团有限公司印刷
（南宁市高新区高新三路 1 号　邮政编码：530007）
开本：787 mm ×1 092 mm　1/32
印张：10.5　　字数：170 千字
2019 年 8 月第 1 版　　2019 年 8 月第 1 次印刷
定价：56.00 元

目 录

卷 一

卷 二

卷 三

卷 四

卷 五

卷 六

卷 七

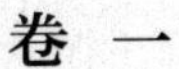

卷一

万古愁丛书

在那么多死亡中，你只爱必死。
其他的方式都不过是
把生活当成了一杆秤。其实呢，
生活得越多，背叛也就越多。
稍一掂量，诗歌就是金钱——
这也是史蒂文斯用过的办法，
为着让语言的跳板变得更具弹性。
有弹性，该硬的东西才会触及活力。
围绕物质旋转，并不可怕，
它有助于心灵形成一种新的语速。
发胖之后，你害怕你的天赋
会从黑夜的汗腺溜走。
你想戒掉用淋漓左右灿烂，
但你戒不掉。你偏爱巧克力和啤酒，
但是，天赋咸一点会更好。
莴笋炒腊肉里有诗的起点。
小辣椒尖红，样子可爱得就像是

从另一个世界里递过来的一双小鞋。
你猜想，无穷不喜欢左派。所以说，
干什么，都难免要过绝妙这一关。
不滋味，就好像雨很大，但床单是干的。
做爱一定要做到前后矛盾，
绝不给虚无留下一点机会。
没有人能探知你的底线。
心弦已断，虎头用线一提，像豆腐。
但是你说，我知道你在说什么。
我确实说过，我可不想过于迷信——
凡不可知的，我们就该沉默。
而你只勉强赞同诗应该比宇宙要积极一点。
人不能低于沉默，诗不能低于
人中无人。从这里，心针指向现实，
一个圆出现了：凡残酷的，就不是本质。
而一个圆足以解决缥缈。
稍一滚动，丰满就变成了完满，

晃动的乳房也晃动眼前一亮。
一个圆，照看一张皮。像满月照看
大地和道德。从死亡中掉下的
一张皮，使我再次看清了你。
凡须面对的，不倾心就不可能。
而一旦倾心，万古愁便开始令深渊发痒。

2010 年 3 月

小挽歌丛书

远山埋没过天使。
但是，永恒的歉意里不包括
永恒的错误和永恒的真理。
远山如窍门，被成群的野兽卸下。
一切敞开，就如同自然的秘密就结果在
眼前这几棵野柿子树上。
论口感，野果滋味胜过传统渴望保持沉默。
林中路曲折，落叶沙沙作响——
提醒你，落叶现在是记忆的金色补丁。
各种化身朴素于你中有我，
就好像我睡觉的时候，蝴蝶在小溪边梦见我。
十一月的草丛中，竟然真的有蝴蝶
飞吻着奇妙的北纬 36 度。
嘿。大陆来的北方佬。你知道
什么东西比本地人更习惯于
这冷蝴蝶展示出的冰凉的尺寸吗？
最大的真实是包容无穷小，甚至是

包容最偏僻的风物。但现在的问题是
真实喜欢逆反蝴蝶。幽灵比天使更执着于倾诉。
正在唱出的挽歌，是中止的挽歌，
也是即将委婉永恒的挽歌。
起伏的挽歌，也起伏着十一月的蝴蝶
和你我之间的最后的距离。

2011 年 11 月

冬天的锤子丛书

空气的锤子落下来
砸在死硬的冻冰上。

我，很像那个被砸过的坑眼，
有人也很像那些飞溅的冰碴；

而锤子使了这么大劲儿，
你应该很像那个听起来很响的声音；

但是很奇怪，我们等了这么久，
却只有喜鹊起伏在美丽的错误中。

2012 年

落日丛书

又红又大，它比从前更想做
你在树上的邻居。

凭着这妥协的美，它几乎做到了，
就好像这树枝正从宇宙深处伸来。

它把金色翅膀借给了你，
以此表明它不会再对别的凤凰感兴趣。

它只想熔尽它身上的金子，
赶在黑暗伸出大舌头之前。

凭着这最后的浑圆，这意味深长的禁果，
熔掉全部的金子，然后它融入我们身上的黑暗。

2012 年

端午节丛书

如果让我去比较这两个世界——
一个是有你在里面包粽子的世界，
一个是门上插着菖蒲的有待进一步解释的世界。

被碧绿的楝树叶包起来的感觉真好，
其次才是这些洞庭湖出产的糯米
静静地浸泡在温柔的陶器中。

其次才是你说馅里必须有红枣，
以及必不可少的花样就是，滑动的龙舟
取代了火车头，朝着镜中飞奔而去。

2008 年

新观察丛书

从舷窗上俯瞰下去，灯火像发亮的海藻
漂浮在黑暗的潮水中。广大的灯火
正慢慢加热你以为再也看不到的东西。
巨变难移沧桑。心灵的代价
怎么就不朴素了呢。本性从来就可耻，
但是天性就不一样了，可以琢磨的地方有很多。
这里拧拧，那里还应再紧紧。
精神的螺丝钉可是比精神更幽默，
你最好能早点波及这一点。
没错，久违的温暖也许还不能说明什么问题，
而人间的黑暗就在这样的高度之下。

2007年

巅峰体验丛书

让那不完满的心变得完满

——威廉·帕特勒·叶芝

全部的工作看起来就像是
将疯狂不断向后推迟。丝瓜没味道，
茄子不理智。连弦外之音也堕落成了
一场婚姻的灾难。在失业之前，
她研究过各种触角。从软体动物
一直进展到政治动物。最后，
她用是否爱吃黄瓜来判断
谁的触须更灵敏。为了不受答案迷惑，
她打扮得像个局外人。用洪水做参考时，
她发现自己得了秘密综合征。
五年前，她还参加过为宇宙挑选性别，
雌雄同体秀果然酷过真人秀。
轮到抵抗运动秀时，几乎已没有人知道
在死胡同里做爱的感觉。

现在，一提偶像的黄昏，她就想到
叶芝在诗里说起的无知的耳朵；
一看到蜜蜂，她就感到不适应。
但是，模范的蓝蝴蝶却是她的一个先驱。
她假设你我，从未想到过使用火星人的角度。
沉浸在对象中和沉浸在类型中
会有什么差别？她每天都会去街角的花店
买一只气球来放飞。在雨中，她掀翻了
拿着锤子的思想者。起雾时，她声称自己
其实更喜欢脖子上挂着钥匙的哲学试飞员。
她讨厌拍照。因为语言的真实
比你我所知道的任何一种姿态都更刺激。

2008 年

认知之箭丛书

当世界需要填补时，我射出了
第一支箭。哦。空洞。比旅行更瘦的
是前进中的方向。用不着放大，鲜红的靶心
看上去就如同一只圆圆的红鼻子。
九环以下，基本上都是受虐。
创造性冲动已退化成一种代价。
刑具如同镜子。但是，经过一番努力，
第十环就像安静的解药，
和虚无环环相扣。当世界解开了
它的花花绿绿的扣子时，我射出了
第二支箭。哦。犀利。最伟大的一次脱靶是
你在存在与虚无之间找到了
一个漏洞。你原谅了时间的不诚实，
因为幸福变得重要了。星期四，几朵石榴花
帮你决定灵感是否存在。星期一，
运河上的白云帮你确定友谊是否美丽。
星期三，白日梦帮你的理想国回到

现实主义。哦。复杂。我射出的

第三支箭帮你认出了从后台

飞出来的一只漂亮的苍蝇。

2008 年

慧根丛书

宇宙的寂寞已不在话下。
但这样的雄浑太具体，并不适合每个人。
你开放，将缠绵带到地上，但你不知道他们
在你的开放中看到的究竟是什么。
人和人之间的不同曾让你手里握着的种子紧张。
也许，那距离并不可耻，但要缩短它，
却怎么都不可能。无辜已试过人性，爱也已试过
大自然的神奇。而那距离仍然没有消除。
你开放，在关键之处，将我重新编织到
花的神圣中。一转身就化身，怎么办?
你比我想得更多的是你真的和生命结合过吗?
其次才是新角色中的旧情绪。
风里来，悠悠同样很矛盾；白云的名字里
有你喜欢的大雁的踪影。人字会飞，才不在乎南北呢。
雨里去，浩渺同样不渺小很孤独。

你的泪水是彩虹的绷带。

那被缠过的东西，有很多次，虚无到了极点，

却在诗生活中深深地扎下根。

2009 年

向命运致敬丛书

……，不，激发我兴趣的是“神性”。

——艾马纽尔·列维纳斯

你听见有人喊，维拉，快跑。
转身望去，你看见一个手里抱着花布包的女人
长发翻飞，在对面的街道上
快速地奔跑着。你在电影里见过

拼命追赶移动的火车的女人——
没有眼泪，奔跑结束时，就好像
命运被狠狠踩了一下。你熟悉
那贯注的表情，那从额头流下的

大如玉米粒的汗珠。你没追赶过火车
既不说明你很幸运，也不说明你就有缺憾；
只说明你有过的爱情和开走的火车无关。
你也许还不太了解那机械性的蛮力

能从我们的身体中带走些什么。
大街上，人流如落叶，物质的无辜
长过了王菲唱一首老歌所需要的时间。
你并不认识这奔跑的女人，不过，

几乎所有认识和不认识她的人都在喊——
维拉，快跑。你能感到她的速度越来越快，
快得像从现实的死角里拔出的一根刺。
很可能，有过一个瞬间，她甚至跑得比命运还快。

太快了。一个又一个金黄的橘子，
开始从她紧抱着的花布包里散落出来。
你从地上捡起橘子，也开始奔跑起来。
别担心，这首诗里会有一个终点的。

2007 年

青烟丛书

年轻时你不会懂得爱与诗的
特殊关系。没有捷径可走，踉跄好比铿锵，
一旦养成习惯，觉悟会成就烙印；
而且事实上，曲折锻炼了美腿，
不长在你身上，更好看。
凡是好感，都难免要从你身上冒出一阵青烟。
辜负天赋是早晚的事。当然，
青烟也可以是尺子，就好像
风是运用尺子的大师。风力增大，
世界被吹来吹去。你心中的风暴
总会有一两人知道。但是年轻时你不会知道
什么是爱的艺术，也不会知道
诗有可能将友谊深入到那一步。
你甚至不会知道祝福你的力量有多么强大——
当你的父母反对你的时候，朝霞祝福你，
野葡萄祝福你。宇宙的幻觉也站在你这一边。
虚度被再三提及，被上升到

云的高度。必要的虚度不止一点点。
虚度甚至设想过假如没有虚度的话，
你是否还值得信任。因为爱你虚度过我的诗，
因为诗你虚度我的爱。但是没关系，
长天的感觉真好，比例绝对没错，
古人的眼力没错；长天让野鹅的队形
看上去像一串飞翔的黑珍珠项链。
年轻时你不会想到有一天你会有勇气写到
年轻时你不懂诗的艺术包含了多少爱。

2008 年

新生丛书

两个我，闪过同一个瞬间。
紫燕，流萤，不相信梦里的小山谷
会输给记忆中的铁栅栏。
会不会飞并不重要，愿不愿飞
才是一种尺度。抖动的羽毛
感慨时间从不会出大错，算准了
随时都会有两个我。而离别的意味
只意味着离别还能意味着什么！
两个我，就像一对黑白翅膀。
而生活更像是一条线索。一松手，
世界比泥鳅还要滑。可以抓紧的东西
最后都爱上了落叶的轨迹。
金黄的我，醒目于过去的我很大，
但现在的我则无所谓大小。
小嫩芽的小招呼，胜过一切手段。
宇宙自有分量，不上虚无的当
就好比没必要把死亡看得太透。

赤裸的我曾令任何人都看不透，

它就做得很棒，它守住了我们的一个瞬间。

对时间来说，赤裸的我无足轻重，

但对记忆来说，它是留给形象的最后的机会。

而死亡不过是一条还没上钩的鱼。

只要有新生，现场就比春天的风还大。

2008 年

悠悠的不一定都是往事丛书

你也许是尘土，但你现在不是。
你也许会归于尘土，但你现在要面对的是另一种真理。
你终究会是尘土，但我可以肯定你现在还不是尘土。

没摸清情况的话，小小的尘土
会是一个巨大的舞台。尘土里有他们的真理。
飞扬的尘土，像马蹄下的世界观。

除了真理，你还喜欢在尘土里看到什么？
凡真相，难免被做手脚。假象还能假到哪里去？
想克服真理的人最终都变成了小蜥蜴。

没有人能例外。这是不是说，
在变成尘土之前，每个人都有可能从时间里赎回
一些原本只属于生命之花的秘密。

2007 年

新诗经丛书

这是生存的欢乐：野火或者野草。
互相联系，壮观在秘密的激励中。
不解释就能发电，浑身怕过谁呵。
处处都是教育：批评一下，野菜就熟了。
野果子腐烂在野味的边上，
散发出道德的革命。一种气息
就能带来一个美妙的空间，甚至是，
野人躺得比野花还要低。
全都野得令自然羞愧。尽头只是假象。
你还记得我们怎样和时间赛跑吗?
这是野蛮的骄傲，神秘你只有
一个半朋友。不永恒，不行——

这是阴郁的人不能理解的欢乐。

这是不合规矩的咀嚼，诗在替我们磨牙。

——赠王敖

2010 年 9 月

原始角色丛书

多年前，我的肉体将我错过。
这事情本不该发生，但事实上，
已重复过多次。我的肉体是我的奇迹，
但这听上去太高调。我当时的想法是，
奇迹会减弱自由，且很有可能，
奇迹是堕落的另一种形式。我的肉体，悬挂着，
像成熟的苹果，随时都会坠落。
你知道，如果碰巧砸到脑袋上，
世界也许会再次开窍。我侧卧在草地上，
周围布满了夏日昆虫的各种思想。
我喜欢任何有节奏的事情。
草地上，不须提炼，昆虫的思想就很有节奏。
顺着那节奏，我似乎能摸到命运的把柄。
我带去了半瓶葡萄酒，嚼在嘴里的牛肉干
散发着牦牛的气息。我消磨着
仿佛再不会被错过的我。我的肉体
曾是三只刚刚爬过垭口的牦牛。

那里，阿坝的雪水像透明的琴弦，
曾溶化过比花岗岩还坚硬的记忆。
我的肉体将我错过，意思是，从一开始，
我的肉体就由属于一个男人的肉体
和属于一个复活者的肉体组成。
它们带给我的快乐像真理一样矛盾。
但是，盲目的，从来就不是肉体，
你知道，我能解释的，还远不止这些。

2009 年

牵线人丛书

看什么，都必须先要转过脸去，
这就是她。假如是直接面对，
她会比地震中的一条狗还要紧张。
怎么看世界，都不如一只猫那样顺眼。

她有时会控制不住在人狗间有一种比较。
她对待猫比对待狗更严肃。
她曾说服自己要像爱猫一样爱上一个人。
她的结论是，爱怎么比数学还难。

她苦于灵魂不愿被束缚，
与她为敌的事物里，有大学、地铁和电视。
电视里的野兽会从屏幕里跑出来，舔她的眉毛和耳环。
这样的事，好像发生过好几回。

于是，每一样需要接触的东西
最终都变成了一种需要克服的事情。

她对环境有特殊的敏感。她不断地换环境——
在一个地方待太久了，人就会变成废墟。

于是，她比任何人都更频繁地从废墟中走出来。
这似乎是她的不可抗拒的规律。
她自己偶尔也能认识到这一点。
新欢中已有无人能意识到的瑕疵，

她受不了瑕疵。或者说，她受不了
别人也会有她身上的那些瑕疵。
不完全是需要缓和矛盾的问题，
记忆里，旧爱在缥缈中似乎稍好一点。

洗脑算什么。腰被洗了，
才是被洗彻底了。她知道这个世界上
存在着用腰思考的人。下面垫得再高点，
她也许会在最遥远的地方看见这首诗的尾巴。

2008 年 10 月

生活的艺术丛书

从生活中醒来，我得到了一块冰。
它严肃而阴冷，比最矛盾的礼物还要坚硬。
它反射出的光里有十只鸭子的胃口。

鲜明的棱角滴下的水珠
像最小的命运，因不断重复自我
而听上去像一种透明的音乐——

它的大小和马戏团用的兽笼差不多。
如果把它推向一头狮子，需要很多工具。
我可不想让千斤顶也掺和进来。

我现在只想回到一种简单的立场。
我不需要做太多的移动。
我将这冰块立起来，竖在爱情的对面。

我猜想生活的艺术就是这么诞生的：
随着时间的流逝，巨大的冰块会不断融合。
汩汩的融水会因四处流淌，渗到地下，并获得

一种象征的力量。我也可以将冰块竖立在
让你感到困惑的任何事物的对面；不过那样的话，
你得先告诉我，你是否喜欢冰的真理。

2008 年

都是谜丛书

你们周围的一切，你们之中的一切，都是谜

——伏尔泰

一个陌生的女人保佑着他

——里尔克

生活就是星空。假如你需要，
我愿意转让下一个命名权。
请把头稍抬起一点，请从这个角度再确定一次。
假如你只是不解，我愿意再重复一遍
我们的天真之歌。每一种黑暗
都很空洞。心，兀自将宇宙的孤独燃烧，
但发光的却是钻石。巨大的，坚硬的，
经过加工的钻石，向四周投射出
生命的反光。场景很原始，就好像它是
为野人准备的，而你，
不过是发现了诗歌之谜的几种用途。

这里，西红柿种子不论斤卖，
五块钱一小袋。不还价，不甜不要钱。
而要买到小黄瓜的种子，你必须打赌。
没想到苦瓜种子的外形会这么漂亮，
像天赋一样饱满。记住，最深邃的友谊
是由种子带来的。南边，是嘈杂的工地
和热闹的农贸市场。北边是废弃的纺织厂，
东边，根据街头闲言，民办小学
顽强地构筑了底层的真相。西边，
浑圆的落日照常给生活的边缘
带去了一枚火红的纪念章。根据心理史，

每一种安慰，都是深刻的妥协；
否则，你得到的，就是十足的赝品。
美丽的面孔，几个女人因你而具体，
具体到大海也会枯干。她们纷纷来到海边，
为受伤的记忆献出她们手提包里的

各种小物件。润肤膏，创可贴，避孕套，
口红，长命锁。你被打开过几次？或者，
从什么时候开始，你不再为恸哭而流泪？
你是否愿意在细雨和拯救之间
建立起某种联系？细雨已经落下，
盘山公路上，陌生的女人，你仍是我的一切。

2009 年 5 月

假如种子不死丛书

我的工作对象有很多，
我的服务对象却少而又少。
我用白云工作，用冰山工作，用彩虹工作，
原材料越大，空间就越刺激。

我用新月加班到黑暗的心脏。
但我只服务于诗，将语词和种子并列在一起。
我使用镜子像使用筛子，
习惯了，自然就会有窍门。

我信任镜子里的光，也喜欢筛子上的小眼睛。
我会使劲摇晃。没跳过舞的种子
不是好种子。我可不想错过好种子。
我会用心筛选的。剧烈的颤动

对每个人都是一次启发。
动静太大了，想不天真已来不及了。

想天真，只能面对一种后果：
天是用来晕眩的，地是用来摇滚的。

我才不在乎我的服务对象晃起来时
样子好看不好看呢。我在乎的是雨下得大不大。
我会给每个词都挖上一个小坑，
一个种子也想跳下去的小坑。

2008 年

反宇宙体验丛书

半山腰间，短暂的幸福
轻飘如云雾。万仞山迎头赶上
一只山隼定下的调门。它出现了七次。
它的完美的盘旋，一次比一次
接近对人生的回敬。那确乎是
一个起点，在半空中，它就开始捕捉
最佳的时机。它不挑剔目标，
不在乎田鼠或野兔是否配得上
它的突击行动。一旦最佳的角度确定，
它就开始冲刺，给死亡带去
一个绝对的速度。表演重复了无数次，
但没有一个猎物知道如何称呼
这种结局。而短暂的幸福矛盾于
只有我们才知道如何定义结局。
半山腰间，云雾和天籁组成了
新的序曲。在 1997 年和 1998 年之间，
还剩下多少时间？三个谈论新茶和草药的人中

有我的脱颖而出。我先是接受了
蜜蜂的请求，允许它们按摩
我的化身。接着，我顺从了蝴蝶的逻辑，
从生命的失败中微妙只有我知道
你的骄傲曾有多么重要。

2009 年

非凡的洞察力丛书

上山的时候，还能分辨出
好多个瞬间。再慢一点，就可能赶不上
时间的礼物了。群山参考世界?
还是世界参考过群山? 你试过用原型
宽恕现实的鸿沟吗? 把空间作为一个回报，
你的感觉是不是好点了? 极端的缤纷
美化着起伏的情仇。霜红的山楂里
有天堂真酸呵。是的。不怕酸果子，
才会理解这蘑菇肉汤为什么如此好喝。
白馒头白得像现状，婚姻的分水岭
冻结了纯洁的暴力。给困境上一把锁，
镜子就会科幻好几小时。除了名声，
心声就不能鹊起吗? 新生鹊起，
不是也很形象吗? 这么多小说
都翻烂了，怎么就不能间谍诗歌了!
向死而生，烙印你不孤独，至少它不孤独
你需要一个自然的旁证。落日正在辉煌

一个抽象的仪式。无限好浑圆你
偏爱积极的意义。可否评估一下，
把世界观洗干净，你究竟需要多少泡沫?
或者直接点，你打算付多少钱?

2010 年

积极分子丛书

寻找我们之间的共同点时，你跨越了
众多的界限。你钻进芦苇丛，
混迹在丹顶鹤中间。你脱掉了所有衣服，
而我们却拍不到你的裸身。你晒黑了，
扭动时，你的身体比以前更灵活了。
你纠正了你身上的自然。你果然很有一套。
你的花样甚至能把我们翻新一千遍。
你就像一个随时都能提供新的背景的
积极分子。没错，没有悬念时，
这些丹顶鹤就是大环境中的积极分子。
你渴望学会它们的语言，来破解
我们之间的秘密。每一次，如果距离缩短了，
你就会把我们关进白云的小棉花屋里。
我们不再需要计划，你说我们需要的是变形记。

2007 年

街头诗丛书

落叶堆得像一座座小坟，不过
这情形很快就会消失。任何形状
都不能使这些落叶保持长久的存在。
把它们堆得像坟的那些看不见的力量
并没向心灵的纪念承诺过什么。
它们甚至没有属于自己的名字。
比如，在煤堆旁，或垃圾堆边，
永远不会有一座“落叶堆”。
它们的存在也不是为篝火准备的。
当它们燃烧，你不可能称它们为“火堆”——
那不合常理，除非它们威胁到
人造林的安全。且大多时候，
我们的安全措施都非常符合新闻的标准。
剩下来的秘密工作多半
和你如何挤时间有关。比如，
从外形上判断，这些落叶已被挤出了时间。
但它们的形象不会因此显得不完整，

它们从你挤出的时间里获得
新的意义。是的。在把风景带入历史之前，
你不过是场景的仲裁者。这些燃烧的落叶
不会使记忆的尺寸得到矫正，
它们带走的是“距离的组织”，
不可测绘的心灵的损失
将另有一份环境报告：随着呛人的浓烟
越来越袅娜，你的升旗仪式开始了。

2008 年

美妙的思想丛书

这角落现在是你的了：没有人从尽头走来，
也没有人从附近走过。灌木的背后
是一个神秘的代价。游戏刚刚结束，
没想到试金石会这么可爱。没想过
思想竟然比本能还要硬。流了这么多汗，
水汪汪的，一触即发。你不是想知道
美妙是怎么炼成的吗？不仪式，意味着
例子更现成。十几粒黑蚂蚁像是在安慰
人生的细节：它们绕过剥落的花瓣，
将花生壳缓缓抬起。从这小小的行进中，
提取一种黑色的步伐，应该不是什么难事。
我正走向比人的命运更抽象的角落。
我想帮助我们弄清楚：如果一不小心，
就被美妙了，你该怎么办？如果还没准备好，
就已经被美妙了，我们是否还有别的机会？

2010 年 4 月

秘密授权丛书

你将我变成纷飞的大雪。于是，我想知道
你是谁？你从何处获得这权力？
我并不想知道所有的事情，我只想揭开你的面纱，
我并不在乎面纱的后面我看到的会是什么。

我不记得是否曾和你签署过这份合约，
那么，这白色舞蹈如何能把自由引向自我。
这广阔的空间，比我以前见识过的世界要大上不止一倍，
租用它，你是如何表明你有支付能力的？

我想知道你的信誉究竟取决于哪一根筋？
他们已经知道，现实是代价的一部分，
历史也是代价的一部分。永恒，也不能免俗。
甚至真理，也曾付出过沉重的代价。

那么，这纷飞的雪花兑现的又会是
哪一种忘我？当我在飘动的鹅毛中醒来，
这变形仍在继续，仍没有停下来的意思。
到了这一步，这白色的魔法是否对所有的人都有效？

2005 年 2 月

新物种起源丛书

天使们不适合这工作，于是，
这只鸟被选中。在密林和田野之间，
还生活有很多其他的鸟类——
更漂亮的，更动听的，更容易进入
我们的隐喻系统的，但最终，
只有这只鸟被选中。没有人知道
其他的鸟类为什么会落选。于是，
你被迫充当神秘的继承人，面对命运
对责任的改变。那递过来的遗嘱上写着
天命和天赋的五个区别。从气质开始，
是个不错的想法。你的第一项工作就是
请盲人画师把这只鸟复原在回音壁上。
那些粗线条像是还没睡醒，
就被七个盲人画师从他们的黑暗记忆里
拽了出来。于是，这只鸟
介于孔雀和凤凰之间。它伸长了脖子，
发情像发怒。兜了几圈之后，

它开始站在复活者一边。从附近叼来的
那些枯树枝被堆成了一个明确的象征。
这时，才轮到天使们把水与火的辩证法
拎到你面前。选择水，这只鸟
就会用枯枝去填满一个大海。选择火，
它就会令自我燃烧。于是，作为想象的人，
你从历史的碎片里捕捉到了
微妙的愤怒。伪先知们会琢磨这礼物的。
你的第二项工作是把礼物及时送到。

2010 年

在永恒的思索中丛书

将被捆绑的，一一解开。这是伸向你的黑手，
解开了，就是解除了。这是猪心计算机，解开了，
就等于是揭开了。这是猴子和狐狸共用的逻辑，
解除了，就相当于不跟你玩了，还不行吗？
这是比底片还黑的底牌，解开了，就等于是承认
再没有别的机会了。这是被臭烘烘的渔网缠过的
婚姻坦克。它的炮管，摸上去仍然很烫。那温度
足以烤熟一对鹌鹑。野蛮的道路，当绳索被解除时，
它顺从于你仿佛曾是自己的主人，你做出的所有决定
都抵不上这些柔软的绳子带来的宽度。很舒服，不是吗？
紧一点，就是你究竟是谁？松几寸，就是你还能是谁？
继续摸索吧。他妈的，想不神秘，不神秘都会不答应你。
难道刚和绳子分了手的爱的天堂还不能为你压惊？
勇敢的心，但旁边呢？旁边是什么？小鸟的绳索被解开时
天空宽恕了真相。怎么又是小鸟，小鸟是什么？

他妈的，没跳过火坑，你就敢在这里雌黄苦海？

但还是，感谢这些绳子吧。至少，它们曾协助展示过我们的底线曾具体到怎样的程度。或者，谁曾是主角。

2010 年

致命的诱惑丛书

我刚刚从生活中返回。一百种感情中
只有原罪是突出的。无辜的是迹象。
漫长的旅行还没有结束。而我将要穿越的空间
只能证明这首诗的确存在过。

这是一种新颖的视角。如果追问，
第一印象确实很重要，但第一印象就像完美的画皮，
已被致命的诱惑彻底腐蚀了。关于诗的正义，
已不再有单纯的解释。关于出发和返回，

你最新的想法是什么？你的生活中
还剩下多少静物？你最近给它们拍过照片吗？
你是否还保留着给它们编号的习惯？
换一套脑筋，在全球化面前，在无名的汹涌面前，

你的生活中还残留有多少证据？
按规定，你只能依靠证据得到你能得到的。

而且说起来你还算幸运。因为你毕竟还生活在证据中。
虽然大部分被毁匿了，但毕竟还有几个证据

能换回法律的面子。请注意一下台阶，
三只硕鼠在厨房里留下了它们的哲学。
第四只如果还活着，你将会听到它凄厉的叫声：
我是猫。我需要有戴假发的人来配合我。

2008 年

公开的秘密丛书

火山也许要等到一百年后才会喷发。
现在，它只是一朵壮观的蘑菇。
你会从中学到很多东西。不。我没开玩笑。
肥沃而深厚，看看这些火山灰吧，
大自然的恩赐，它们认真起来时，我们不过是影子。

有没有机会，只是一个时间问题。
如果你只关心时间，那么我现在就告诉你：
你在你的身体里已游荡了五千年。
不。你还是没明白我的意思。
如果给你机会，你会选择这座火山吗？

它留下的悬念就像陌生的情感。
意思就是，你没有遇到奇迹，是因为
我还没有尽到责任。责任是火山的另一面。
至于这火山，假如你已做出选择，你会发现
它积蓄的力量既是公开的，也是秘密的。

它有一个公开的出口，但秘密
却注定只出现在岩浆冷却下来之后。
一个过程。买张机票，就能现身于驶向
海边的出租车内。比旅行更漫长的过程是我需要你。
如此，我推荐你认真思考一下火山。

2010 年

非常道丛书

漫歌和长路，将问题摆在了桌面上。
山地野花，以山楂和海棠打头阵，
也摆在了五月的桌面上。红杜鹃解开了
雨的绷带。你还能想得起来
你曾渴望找准的那个基调吗?
下一步才是要不要给通泉草和珍珠菜
单独开辟一个频道。至于桌子，
它取自天空，在保持原状和巧妙变形之间，
你拍了拍。哦，白云的小垫子。
蓝色的桌子看起来没什么两样，
拿它当床用，肯定也没问题。
哦，亲爱的形状，你没有错，责任全在一瞬间。
突然，静止的石头有了水果的皮肤。
小号谐调了雨燕。哦，急转弯，

你走进真理的笼子，把钥匙放在了
那些蚂蚁将要渡过的一条河上。
哦，发光的小拱桥，你像铁线莲的时针一样准时。

——赠得一忘二

2010 年

创世纪丛书

人性的一种激进转变的可能性

——胡塞尔

你要求生活再给出几个例子。
安静的春夜。星星的镣铐婉转在
紫薇的花影中。碧绿的唯心论
将心声改编成一张纱网。小小的草叶
轻晃音乐之痒。你是否注意到
蜘蛛的作品中有一种真实的成分。
比如，这严谨的纱网是自由的一部分。
哦，遥远的镣铐，这里发生的事
与痛苦的机械性无关。哦，解放。
无数的允诺就像是一场乱伦。
还好。肉体的意义将我引向那些正在星光下
排练的乐队。不怕痒的乐队
将会使用一个新旋律。创造出这个世界的人
不会比一只蚂蚁更蠢。哦，蚂蚁。

你的现象学令我倾倒。一个小黑点
难不倒你，你有一种黑色的才华
胜过我的深邃的感官。你活在宇宙中，
而我，大部分时候仿佛只活在生活中。

2011 年

诗歌动物丛书

据说，没有人能做到。

他想，好吧。也许会有比马槽更好的道具。

夜草被压得扁扁的，走马灯摸上去冰凉。

月光静静地洒向创造性的活动。

诗，就是一个例子。好句子

有什么好争辩的，它们看上去难道不是

用镰刀刚刚削过的木棍？

他想，拨没拨过火，就是不一样。

没有人能做到，并不代表奇迹还在帽子里。

沙漠的形状如果拗不过骄傲的心，

八千里就是刚拔下的一根雁毛。

他想，我有的是比草根

更进一步的耐心。在野火的订单上，
他看见了晃动的绵羊身上的
风的支票。尺度灵活的话，
小宇宙总有办法回到 1964 年 4 月的。

2008 年

稻草人丛书

拍拍石头的肩膀，意思是，
你刚扎好了一个稻草人：你在它身上看到了
人的简陋。人的减法。制作它，只消耗了
半捆猪草。它的脊骨是用墩布把做成的，
两臂呆板如尺子。你从它身上想到了
人的丑陋。人的空心。但田野里的逻辑
会赐给它另一种美。金色的守望者
只是它的一个影子。你的记忆斗不过
它身上的风景。你要求它逼真，
将人的威权带进自然的轮回中——
你盼望它成为麻雀永远的对手。
而敌人的概念从来就很无耻，比无知更无耻。
于是，它替你出场，至少表面上是如此。
或者，它的回报已多于丰收，而你要寻找的东西
将会把我们引向奇迹的发生。

2009 年 5 月

平衡术丛书

我母亲回忆说，我从小就不挑食。
她原先有很多证据，但现在她只记得
我喜欢啃筷子。按她的说法，我在筷子上留下的
痕迹就像一只会弹琴的小老鼠。有一阵子，
家里每个月都要更换一把筷子。
我不记得筷子的事。在失踪的时间里，
我只记得烤过的麻雀的小骨架子。
我的胃口很强大。我的脑海里经常浮现出
奔跑在宇宙深处的美丽的动物：
它们的脖子很干净，从未被圈套过。
它们的身材很适合语言的解放。
它们有你我没有的自我。它们出没在筷子
无法够到的地方。它们首先是我的动物，
其次是诗的动物。你很快会明白这一点的。

2009 年 5 月

新人生丛书

生活很复杂。于是，你听见
倒垃圾的声音。从黑塔似的楼顶
往下猛地一倒。从场面上看，幸存是风景——
这“本地的抽象”循环着你我。
一只野猫，毛发蓬乱，目光阴冷，
耸动着身体，将垃圾抖落在地上。
生活比人复杂：“我是猫”就是一个经典的例子。
生活经常被揪送到狭窄的引号中——
那里，刺猬和喜鹊相遇在
无声的肉搏中，因替身而美丽。
至于人，人被扭送到引号中，
只是看上去像戴了一副耳机。
生活比生活更复杂。一场生活比一种生活
听起来更无耻。如此，生活只属于
生活的一部分。就如同切开一个脐橙，
你用刀子把生活分成三瓣。你只取走了
其中的一瓣。你在精神的屏幕上留下了

刺猬的背影，你在生活的背影里
留下的是美丽的复杂。如此，
你只是属于你的生活的一部分。

2011 年

走出洞穴丛书

你走出洞穴。半小时前，在幽暗中
你有着一头成年棕熊的体重。
每个脚印，都是对大地的无知的肯定。
十分钟后，一个极限在洞口欢迎你。
阳光打在你的脸上，你的毛发像斑斓的呼吸。
你蜕变成一只崭新的豹子。变形记很尽职，
将你还原成一道野性的彩虹。
世界隐藏在肉中，于是你奔跑，
冲向一只小羚羊。你扑上去狠狠咬住
它的喉咙，将它掀翻在草甸上。
它的喉咙里回响着真理的哨音。
你不再需要洞穴。你需要大地的启示。
我觉得你的路线选得很有意思——
沿着你留下的踪迹，我也尝试着
走出我们的洞穴。我用羚羊的骨头

炖了一锅汤。放入沙枣后，果然很滋补。
不过，我的进展很慢，到目前为止，
只能说，与迷宫打了一个平手。

2011 年

生命密码丛书

一路走来，四月比天上的白云
还要散乱。丁香胜过连翘，将人性一笔带过。
这么多小碎花，比漂白还白，
她们的呐喊就如同裹在旗袍里的斜塔。
万劫则像宇宙的小性子，幽怨荒原
已不再能说服历史。没有野火，
燃烧还能算风景吗？另一种可能是，
四月是最仁慈的月份。仅就北京而言，
你便可以找出一千个例子。发芽的自我
离你最近。但你太忙乱。脚下的泥土
踩上去咯吱作响。浮冰奏鸣曲
向时间推荐你的肖像权，裂纹越多，越美丽。
仔细一看，各种碎块多得就好像
你从未走出过废墟。废墟万岁。
闪念中已没有顽念，你已原谅唯有命运

是由不肯革命的事物构成的。
他们的命运如此。你的命运
也绝不会特殊过这首诗的命运。

2009 年

双鱼座丛书

你有个长着三只耳朵的朋友，它是你的香蕉。

你用小手摸着香蕉的耳朵，你带我重新回到了自然的原点。

你有个长着六只耳朵的朋友，它是你的大衣柜。

你扒开柜门，从里面掏出做梦的衣服；

如果你愿意，你能从衣袖里撵走一只兔子。

你有个长着十只耳朵的朋友，它是你的红灯笼。

如果不是你用手指指着，我还真没看出它的红色舞蹈。

你有个长着五十只耳朵的朋友，它是你的蜡梅。

你带我去听那些小花瓣的歌唱。你帮我回到了生活的起点。

如果我没猜错，你还应该有个长着一百只耳朵的朋友，

随着心跳加速，它是水月中已结晶的一百年。

2009 年 3月

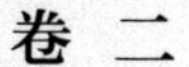
卷 二

挖掘丛书

—— 题记：雅安，一个巨大的倾听

第一锹，像我挖你一样，挖我。
第二锹，也是第十万锹，清晰得像
　　请把我从瓦砾中挖走。
第三锹，请把我从语言中挖走。
　　再没有比语言更深的坑中
　　才会有一次最深的飞翔。
第四锹，请把我从新闻中挖走——
　　我不是你的兄弟，也不是你的姐妹，
　　但是，挖，会改变我们。
第五锹，比第六锹更像一个闷雷，
　　请把我从真相中挖走。
第七锹，咔嚓，短促而精准，
　　巨大的悲痛中一个回音的切片。
第八锹，不是很深，却结束了每个人
　　都曾有过的一个巨大的渺小。

第九锹，事情始于挖，但不会终于挖。

第十锹，请继续挖我身上的你，

　　直到挖出你身上的我们——

　　一个巨大的倾听始终会在那里。

2008 年 5 月

世界末日丛书

他们预言我的时候，
我还待在盒子里。神秘的盒子，
但即使你无知到极点，你也曾见过
它的各种形状。你愿意的话，
也不妨亲自动手试试。盒子的大小
不是重点。这一点，亚述人早就察觉到了。
亚述人制作了最有想法的盒子，
盒子里只有影子。盒子里只能装下影子。
他们相信只要提到我的影子就够了。
对于世界的腐败，影子是最好的惩戒。
但我有更好的想法，我的影子
还必须加上你的影子。但假如惩罚
也不是重点呢？该死的波提切利
不会制作盒子，只知道画画；
为了讨伟大的意大利的欢心，
他将我引诱到神秘的诞生。
从那一刻起，我常常会弄丢那盒子。

我感到我的影子被透支了，我的影子分散
并被稀释进了每一天。但是，
每一天都有世界末日的影子
也不会是重点。就像今天，玛雅人预言我
将以灾难的方式终结所有的苦难。
但假如深刻的警示也不是重点呢？
我是不可预言的。关于我，
每个预言都是一片落叶。关于我，
我必须申明，每个预言都可能是对的。
所以，是否准确也不是重点。
真正的重点，我现在只能透露一半：
你读到这首诗，表明这首诗还活着，
而我始终都会和你在一起。
或者，就让他们重新计算一遍吧。

2013 年

世界睡眠日丛书

你登不上那座山峰，
说明你的睡眠中还缺少一把冰镐。
你没能采到那颗珍珠，
说明你的睡眠中缺少波浪。

如果你再多睡一小时，
你就会睡到我。但是，请记住：
和深浅无关，我这样交代问题，
我始终在睡眠的反面。

你现在还看不见我，但事情
也可能简单得像你现在还看不见蜻蜓
或萤火虫：它们还在睡眠，
它们的睡眠从未出过错。

它们的睡眠时间很严格，让世界看上去像
一座早春的池塘。靠什么保证质量呢?
如果我说此时，它们的睡眠像一份火星的礼物，
已在朝我们急速飞来的半途中。

2012 年

世界诗人日丛书

同样的话，在菊花面前说
和在牡丹面前说，
意思会大不一样。更何况现实之花
常常遥远如我们从尘土中来
但却不必归于尘土。
拆掉回音壁一看，
原来耳朵是我们的纪念碑，
但耳朵什么时候可靠过？
怎么看，心，都是最美的坟墓，
但你什么时候见过一个美人
曾死于心。菊花在生长，
心，从里面看着。
心，安静得好像有只蝴蝶
正停歇在篱笆上。

我承认，我是一个有罪的见证人——
因为除了陶渊明的菊花，
我确实没见过别的菊花。

2012 年

六十年不遇丛书

——悼北京 7·21 特大暴雨中死难者

我打电话过去时，线路茫茫，
忙音比无辜唯一，殷勤你从四面八方
请不要挂机。请给耐心一点时间，
或者，为什么不呢？请给时间更多的耐心。
我仿佛被说服了。我的耐心
开始像一盘棋。水已漫上街道，
抛锚的小轿车像暗夜里
刚被盗挖的坟墓。
你中有我怎么可能比漫过来的水有经验呢。
水，正在变成洪水；
水，顷刻间从现实涌向内心，
那里，汹涌的泥沙正在篡改地狱史。

2012 年 7 月 30 日

你所能想到的全部理由都是对的丛书

没养过猫，算一个。
没养过狗，算一个。

如果你坚持，没养过蚂蚁，算一个。
如果你偏执，没养过鲸鱼，算一个。

但是，多么残酷，我们凭什么要求你
凭什么要求我们应该比世界
更信任诗，只能算半个。

全部理由。微妙的对错。
所以，我们的解释不仅是我们的
失败，也是我们的耻辱。

好吧。诗写得好不好，算一个。

此外，我们没见过世界的主人，算一个，
没办法判断身边的魔鬼，算一个。

2013 年

真实的瞬间丛书

九条狗分别出现在街头和街角，
永恒的真实看上去空空荡荡。冷在练习更冷。

八只喜鹊沿河边放飞它们自己的黑白风筝，
你被从里面系紧了，如果那不是绳索，

那还能是什么？七辆出租车驶过阅读即谋杀。
所以最惊人的，肯定不是只留下了六具尸体。

身旁，五只口袋提着生活的秘密，
里面装着的草莓像文盲也有过可爱的时候。

四条河已全部化冻，开始为春天贡献倒影，
但里面的鱼却一个比一个悬念。

三个人从超市的侧门走出来，
两只苹果停止了争论。你怎么知道你皮上的

农药，就比我的少？但我们确实知道，
一条道上，可以不必只有一种黑暗。

2013 年

影子博物馆丛书

阿尔巴尼亚插曲。露天电影
把我圈进羊圈。挤着挤着，
人肉仿佛回到了原样。
细瘦的胳膊上蚊子包成串，
而我的早恋比拉着的小手指还小。
生在北京，但十二岁前
我没见过不露天的电影院——
不过这确实没什么好抱怨的，因为
一旦陷入抱怨，会显得历史
毫无教养。很多影子其实很正派，
所以 “第八个是铜像”。
我不觉得你会真想知道
我抬着的是不是影子，但我能感到
我的确被影子抬过。我申请
成立影子博物馆，但未获批准，
原因是过于风趣。和人性开玩笑，
浪费的最终是你自己的时间。

所以，在荒莽的横断山脉深处，
电影是我的圣经。而要理解这些，
得学会从时光中再次发明时间。
但回到另一面，我不得不说，
抱歉：我没有关于童年的记忆，
我只有朝向童年的记忆。
没错。就汉语的感觉而言，
很多情形中，探索要比摸索高级。
比如在我的情形中，每个探索
都必须像丧钟为谁而鸣，而每次摸索
都必须围绕炉火为谁纯青。
举个例子吧：我探索伊斯梅尔 · 卡莱达
就像汉语反过来摸索我的记忆；
但其实，从我身体里借走的东西，

我并不想语言再归还给我。
结束时，窗外的雨声表明，
淅沥谐音洗礼，本身就已是很好的礼物。

——赠赵卡

2012 年

万一我们的洞穴不是我们的玩笑呢丛书

沿时间的线索，看不见的刀光
顺势一切，我们就有了
蚂蚁之歌：身影确实小了点，
但不妨碍暧昧的大地
是它们的五线谱。点数着
人生中我们需要搬动的
那些东西时，我羡慕蚂蚁
有六条腿；比我们准确，
比我们有更多的支撑点，
我的意思是，刚好是我们的两倍；
当然，也要看遇到的人，
运气不好的话，会算成是
我们的三倍。据说，蚂蚁能搬起
比它们重一百倍的物体，
且很可能，这还是保守的估计。
更令我羡慕的是，不论我们的环境
复杂到何种境地，蚂蚁

都能从它们的身体里分泌出
不同的物质，以传递令眼花
充满缭乱的意思。在沙漠，
蚂蚁已懂得利用太阳发出的
偏振光，回到自己的巢穴。
回到自己的巢穴？但是万一
柏拉图搞错了呢，万一
我们的洞穴不是我们的玩笑呢？
我们很像蚂蚁。蚂蚁很像
再没有其他的小昆虫
比蚂蚁更像我们的原型——
想起以前在多个场合下
说过的诸如此类的昏话，

在神农山下的晚风中，

我突然感到一阵强烈的不好意思。

——赠耿占春

2013 年

年夜饭丛书

如果我没走进厨房，
如果我不能肯定，我的厨房
是我的洞穴，那么确实可以说，
时间塑造了我，就像时间塑造了你。

但是，我的厨房就是
我漆黑的洞穴。我走了进去；
古老的味道全在，
全都集中在一个等待里。

就凭这砂锅，炒勺，蒸屉，筷子，
我重新塑造了时间。
如果我不能肯定，塑造时间
就意味着塑造你心中的味道，

那么，如此频繁地一再转身，
我就会像只老鼠，错过我的骄傲；

就好像在这洞穴的尽头，

我已错过传说中的恶兽，就好像

它的名字也可以不叫年。

就凭这大料，南瓜，肘子，米酒，

我塑造了我的厨艺。秘诀就在我煮过时间，

也蒸过时间，直到每个盘子里的浓汁，

看上去像时间的颜料。

是的，画中的主角已经变了——

从前，无须走进厨房，我就能吃掉一座山。

现在，轮到我的父母已无须再跨入厨房一步。

2013 年

小神话丛书

我睡在这一边，于是那一边成了真相。
我从未想到我的出身会是一个影子，
虽然我确实睡得比石头的影子还沉。
我梦见你对试金石发誓，谁敢动我一根指头。

我们瞒过了最聪明的语言，
我们睡在我的身体里，于是那一边，
开始随跷跷板升高。而虚无并未因此就低于真实。
如果我醒了，地狱的保修期肯定已过期好几个月了。

2013 年

新雪丛书

悲哀的钉子钉不住它们，
它们阅读世界，就仿佛世界是
一个刚从厚厚的云层里挖开的大坑——
往下跳，解脱里不只有解开，
还有脱下，直到上瘾比罪与罚还过瘾。
不首先回到小小的具体，怎么分寸纯洁！
同样。欢乐的小镊子也夹不住它们——
飘着，飞着，它们没有小尾巴，
白色的口令管不住它们扮演的角色。
它们阅读我们，就仿佛每个人都需要
不止一个被埋藏的秘密——
最好是白色的。才不硬碰硬呢。
或者，硬碰硬要等到永恒服软后，
才会是秘诀。它们的偶像

躲在雪人的身体里等待明天的阳光
在融化的沉默中切下一块空气的雪糕。
你没品尝过，不等于这首诗没尽到义务。

2011 年

盲弹丛书

你不会弹琴。但我知道
在秋天，人人都是钢琴家。
这是一个不是玩笑的玩笑，也许
只有死神才听不懂它的含意。

我从一个钢琴家手里抽回
我的双手，我试着像他那样审视它们，
我想象着在钢琴家眼里它们呈现的内容——
带着苍白的纹路，它们像时间的洞穴里的爬行动物。

它们有十个细长的脑袋，肉感于敏感，
而我们只有一个。它们用脑袋弹琴，
每一下，都是一次完美的震荡。
而作为亲密的邻居，我们用脑袋

将听到的琴声分解成无色的液体，
并将它挤压进多雾的脑海。

从自然的幻觉的角度看，它们每根都不长不短，
微妙于普通其实并不普通。

它们引诱我重新回到
不可引诱的触摸，不原始，也不陌生。
凡可触摸之物，都会有某种地方
看上去像琴键。所以，杯盖是琴键；

所以，窗户是琴键；所以，枫叶是琴键；
所以，纠缠在铁栅栏上的花瓣是琴键；
所以，钥匙是琴键；所以，狐狸的尾巴是琴键；
所以，鲨鱼的牙齿是琴键；

所以，乌鸦的黑羽毛比乌鸦本身
更经常地充当着琴键；所以，水下的石头
是琴键；所以，你用过的硬币是琴键；
所以，你只要动下手指，世界就会战栗和恐惧。

2011 年 5 月

回火丛书

移情于小熔炉，肉体即天国，
冶炼操心锻炼，才没夸张呢。
只要耐心到惊心，新颖的，还在后面呢。
开始时想要打造的东西似乎很多，
选择也很多。但最终，你会发现
可炼的东西其实就那么几样。
微妙的火焰微妙软硬兼施，
即使公开了，你也不知道
是怎么回事。不朽没想象的那么难，
不巧才是大麻烦。你又得回过头去找原因。
冰凉的线索，摸上去像
从漏洞里刚爬出来的蛇。
环节重要呢，还是细节重要?
或者，环节比细节重要：这一幕
什么时候还会重演。从秘密的锻炼
到秘密的教育，得要领

竟然不如把握好火候。该死的火候
像飘忽的天赋，但把握好了，
它就会像不巧遇到了一刹那。

2012 年

晚霞丛书

谁制作了它并不重要，
谁能捕捉到它的意义也不重要。
它就像一个巨大的码头，
你能感到有东西靠上去，停了下来，
却说不出那停下的东西是什么。
它把时间变成了时光，
感情的意义因此而不同。
它一出现，就十分清晰，
并一直会将这清晰保持到灿烂。
它从未有过任何模糊的时刻。
它是六月的晚霞，夹在铁灰色的云海之间；
它就像快要被遮没的黑板，
白天的粉笔够不着它，夜晚的粉笔
又总是太迟。它这样向你的记忆迂回，
最有意思的字是曾写下，又被及时擦去的字。
对于那些被擦掉的字，它是一个不会消失的帝国。
它的灿烂很敏感，对称于

人生的缺陷很微妙。你会明白的。
它是时间的风景，但看起来更像是布景。
刚刚结束的白天不完全是一幕戏，
即将开始的夜晚，很难说是不是一出戏。
而它，就像一个准确的角色，
游荡在生活的边缘。它知道你在看它。
它知道你看到它时想说些什么。
但它不知道，你猜不到你是谁，
就仿佛它见过的世面太多了。

2011 年 3 月

非凡的仁慈丛书

请在我们脏的时候爱我们！

——肖斯塔科维奇

混入了麻雀粪便后，狗叫的次数
明显减少了；非凡的仁慈中，
唯有低着头的风，一直在清理
烟花的碎屑。尚未冻透的
小溪的尽头，新年就像五亩
透明的土地，租自正在散开的浓雾。
冬日的阳光让开了自己，
但没有人知道那是什么意思。
我们拥抱着，练习互相扎根——
这样的冬眠几乎没有破绽；
但节奏稍微一慢，你就纯洁得有点复杂，

就好像在时代的幽灵面前，
最纯洁的人显然比最纯洁的植物
给世界带来了更多的麻烦。

2014 年 2 月 5 日

自我写照丛书

在白天，这镜子帮你熟悉
一种新的地形。笑嘻嘻的等高线
从你的身体里抬走了
一片处女地。你经历的事情已经不少，
而你却不曾觉悟到，这礼物曾十分强大。

现在，一只闪烁的犁
就出没在镜子的深处，它看上去
就像一头脊背拱起的野兽。它嗅着乌亮的土地。
你琢磨着，也许可以管它叫岁月之犁。
光阴越黯淡，饲料就越充足。

入睡前，你忽然想起你曾在不同的地方
见识过各种各样的犁——
全都构造巧妙，且非常实用；
不论地形有多严酷，它们都能一步步
向前推进它们那铁打的脚步。

这些犁熟知大地何时睡去，何时醒来，
它们驯服过大地的原始黑暗。
它们的美丽很低调，像黑色的石头一样
浑厚在黝黯的楔形意志中。
但岁月的犁，提供的又是哪一种先例呢？

睡梦中，你被硬物撞击。这以后，
随着地形越来越复杂，你的头发陡然竖起，
仿佛有一只铁犁将你耕耘到丝丝入扣。
早上醒来，你来到小河边的蜡梅前，
通过那些新芽，辨认身体的革命。

2010 年

彩虹的种子丛书

感谢你寄来的这一小袋种子，
虽然你说，我们还没见过面，但从我的诗中
你推断我喜欢种子。从精神到物质，
从思想的种子到荠菜的种子，你甚至一口气
描绘了我住所里的阳台。你推测说，
那里肯定放着一个玻璃罐，里面储存了
不少种子。你说的不错，确实有一个玻璃罐，
里面有酸角的种子，鳄梨的种子，石榴的种子。
每天只要看它们一眼，我就会感到
莫名的安慰。各种陡峭，各种峥嵘，
在种子之歌看来，不过是一些人生的底座。
也许，种子带来的友谊比真理的游戏
更接近一个听上去很原始的名字。
你推断我在秘密的生活中使用过
这样的名字。你获得的启发是，
每个真正的秘密里，都不会缺少种子。
我查看了一下，你为我配置的是

蓝莓的种子，风信子的种子，红尖椒的种子。
你说的不错，我很喜欢它们。所以，谢谢你。
还有一个小纸包，你嘱咐我先别打开。
你说，最好是等到初夏，下过雷雨之后，
再将它启封。因为它里面包的是彩虹的种子。

2008 年 6 月

比我更像我自己的人丛书

“我爱他，是因为他比我更像我自己。”

——艾米莉·勃朗特《呼啸山庄》

为了调整呼吸，你躲进境界——
与待在安静的白塔里不同，
你说，只有在那里写信，你才会看清你自己。

比如说，看不见我，你就看清了你自己。
欢心就是良心，想要不过度，还真有点难。
你想知道，在你之前，是否有人发明过东方。

其他的地方，空间都已陈旧，
视野基本腐败，王国比危险还脆弱——
一踏入角落，就知道，火种已经被宠坏。

文明流行起来很快，与塑料一拍即合——
比如说，自由精神自由你不如苦难成熟。
和大环境相比，个人的痛苦根本就站不住脚。

激怒了运动，可不是好玩的。
你写的信必须系在雁腿上，才能寄出。
于是，你用袋子系紧人海茫茫。

放眼望去，一浪高过一浪，
而措辞必须比节奏更微妙，
才能让时间矛盾于翅膀越来越高。

2011 年

精神肖像丛书

这一次，虚无表现良好。
雪，白得像诗中的权力。
象牙做的权力，要不要用白萝卜试一试?

雪一直下到了柚子里，下进了灯笼椒。
是的，你必须经常漂白内心，它才会更像舞台。
有一种快乐带来了三次机会:

首先，在河面上行走，已不是什么难事。
其次，我相信你说的，你曾放下一切。
最后，每堆一个雪人，你就将生活带回了

世界的表面。你配合我，就好像
我刚给道德戴上了一副白手套。
两小时里，已有过平原上的一片天堂。

你把我拉进怀里，或是把我放进口袋。
在你身上，有温暖我的每一个姿势。
在你身上，有凝聚我的每一种颜色。

这一次，无论现实想取代什么，我都不反驳。
我不反驳真理，不反驳悲哀，不反驳地狱，
因为你只喜欢下在运河两岸的雪。

2005 年

人生角色丛书

男人和女人并排坐在栏杆上，
大海在下面，悬崖有三十米高——
越过他们的背影看去，海水蔚蓝，
颠簸着，在蔚蓝的颠簸中，男人看到的是

我和你都不曾使用过的一个身体。
天空湛蓝，矛盾于一个启示，
从悬挂的角度看，女人看到的是
我和你都不曾深入过的一个洞穴。

在大海的蔚蓝和天空的湛蓝之间
有一条线，却没有一点蓝的意思，
反而看起来像一根刚捆过海兽的绳索。
男人问女人：我是否真的存在？

女人问男人：你一生中做过的最疯狂的事情
是什么？不会是寻找真正的答案吧？
我和你，就是这样进入角色的。
没有例外，即便他们从未在悬崖边坐下过。

2010 年

人之初丛书

第一课是早春的蜡梅。
院子里就有好几株，但你想看更远的地方
还有没有更好看的。小眼睛的蜡梅，
沸腾如花的泡沫；小手一碰，
颜色便艳如蜜蜡。你看得很投入，
小小的身体像涌起的浪潮。你的专注
就如同是一次对真理的引用。
而计划之外，幸福是一种节奏，
谁在冒险就好比谁更好奇。
我们来到河边，我为你捕捉
天气和情绪的混合物。你不需要那些乐器。
你要挖掘的是天性使然。你的假如我是你
是一次还原，甚至将微妙的万变
恢复成了爱的知识。我感觉到你的分量。

一天比一天更重，一天比一天更宽，

石堤下，河水荡漾着浑浊的美德。

是的。我不再担心这面镜子是否恰当。

2009年3月

日日新丛书

十五年前，我手握两节山药，
开始习武。双节棍，缭乱如豹子胆。

而从镜子里，我推断大彻大悟
很像是从小事做起。我弯下身去，

用折刀刮去山药的粗糙的表皮；
我必须攥得紧迫，才能抓住

那又滑又黏白艳如雪的果肉。
一手硬，一手软，来得好不色艺双全。

冲洗后，我把去皮的山药放到案板上，
一半横切，片片均匀，用于凉拌，配料是

天然蜜加熬过的话梅汁。另一半，滚刀切，
块块见功夫。于是，我反思浮想联翩

很像是打一枪换一个地方。幽默三两，讽喻五钱，
算你来得巧，还剩下最后半小截野生天麻。

十五年后，回味已知道仁慈。回忆已懂得尊重
魂飞魄散。从小事做起，已学会婉转日日新。

2010 年

完美的给予者丛书

护城河边，我在长椅上坐下来，
从背包里掏出馅饼，香蕉和酸奶，
慢慢咀嚼起来。不远处，地铁站出口，
一个盲人高声喊唱着祝你生日快乐。
天气好得像气氛，比一次表白
更能唤醒我内心的野兽。不用担心，
天赋如此。几米远，一只麻雀在柳树枝上
跳起肚皮舞，另一只飞过来求爱时，
它像点燃的爆竹一样躲开了。注意到这一幕，
并不需要诗的技巧。为了报复时间，
我愿意再一次发明最高的艺术。
晚霞的秘密档案晒放在群山的护栏上，
无限好就像一片空白。按编号翻找过去，
最醒目的就是，生活的空白。
泼墨，遮挡，蒸发。无视界限时，
小逻辑深入虎穴推崇深刻的冲动。
十五年前，你通知我，你已将迷宫填满。

你用回马枪征服了生命的转折点。
理想的魔术是，你解开拉链后变出来的东西——
它远远多于肉体。因为名字是你起的，
我的视野里便有了世界上最美的风光。
关键时刻，纯粹的人纯粹你是
一个完美的给予者。你因我们有迷途而完美。

2010 年

心灵的战友丛书

看不见的战线，诗，延长着
我们的机遇。严格于语言，你才会理解
这机遇意味着什么。全部的真相
安静于你我曾是心灵的战友。
荒野像祭坛，这温暖，甚至超过了
最珍贵的回忆。无论我放大什么，
都像是在拉近地平线。没错，含混的硝烟
已能遮住最大的谎言。地头蛇的打火机
递来一线希望。严格于希望，
你才会领悟虚无的作用。晨雾正在散去。
树木露出了更多的残枝。空气里弥漫着
哲学入门。厚厚的云层看上去比兵工厂还沉。
断墙上，乌鸦像被流弹打飞的黑耳朵，
而此时，野鸽子早已将曙光试探过三遍。

2010 年 9 月

原始艺术丛书

几个半大的孩子，出现在绿化带的后面——
他们脱掉棉衣，穿着好看的羊毛衫，
对着三个雪人，又踢又踹。几轮过后，
他们弄掉了雪人的瓶盖眼睛，
挖去了雪人的胡萝卜鼻子，揪掉了
雪人的芦柑耳朵，打断了雪人的手臂。
他们沉醉在白色的破坏中。
在这之前，我一直以为那些雪人的消失
是因为经不住阳光照射而自行融化掉的。
对比之下，几天前，几个只有三四岁的孩童的举动
则具有明显的建设性。就像几只小海豹，
他们蹲在冰冷的大地上，堆下了三个雪人。
他们是最懂雪的小小艺术家。白色的建设
就这么轻易地显形在他们的游戏中。

而现在，他们只能待在远处看着，
那几个大孩子在恣意毁灭他们的原始艺术。
他们的痛苦，也可归入一种原始艺术。

2010 年 2 月

紧急出口丛书

天堂很慢，地狱很快。

起跑线上，人人都说自己不属兔，
破纪录当然离不开好天气。
是啊。天气好得就像刚洗过的吊带裙。

历史，加油。还好，落叶和尘土没有参与最后的评判。
总结胜利是否可耻时，一溜烟最误事。
骄傲的兔子，怎么做，都难逃原型的谎言。

而你接触的例子太少。你不会理解这些区别，
这些意义的硝烟。你甚至不需要理解它们。

天堂很慢，地狱却很快。
说到局限，你几乎从未想过要知道
你的生活中有过几次天堂。

你迷惑于假如天堂不是一个例子。

你像我一样，因为看不惯他人即地狱，

曾梦想过，一首诗就是一座天堂。

失败很微妙，而种种迹象表明，

你离出口已经不远。

2011 年 10 月

刨子丛书

诗是生活的政治中的木头——
可以很粗糙，也可以很精美。
可以做成烛台，也可以做成圆桌。
可以是一个雕花的盒子，也可以是一座绞架。

如果是这样，你说，你确实要比
你自己曾想象的更喜欢诗。
你甚至发现，诗，其实可以具体到
你能清楚地确定你现在最想要的究竟是什么。

你喜欢刨子。你有一个外号，
他们管你叫刨子，但你无所谓。
当你用力推，刨子就会坚定地前行，演奏出
你最喜欢的音乐：有时和木头有关，

有时和人之树有关。所以，刨子是
你最拿手的乐器。从粗糙到光滑，没有哪个进程
像刨子的轨迹那样既严谨，又放肆，
几乎可以说是，完美地符合着诗的非人的那一面。

2011 年 9 月

新未来主义丛书

他还没有出生，但已破土而出。
他介乎你比我更能看透命运的形状。
他有一个核心就像你手里曾攥紧过的种子。

他知道世界上为什么会长出可爱的竹笋，
以及为什么你会偏爱晒好的笋干。
他知道那些竹笋对地下的灵魂和鬼魂分别做了什么。

他的耳朵看起来就如同尖尖的竹笋。
世界只剩下场景。他的游戏将那些露水变成了晶亮的首饰。
他拥有的自由就是你曾有过的天真。

现在，必须说起他的另一面了：
他身上的可能性比诗歌里的天使还要多，
他的小小的荣耀就是未来很无知。

2011 年

镜子丛书

他们为天空准备了很多镜框，
想从那里找到他们所需要的镜子。
时代是一面镜子，历史是一面镜子，
但是很显然，这些远远不够。

有时，竖起的框架竟然比水塔还粗大。
而他们早已养成习惯，以为尺寸大一点的镜子
应该和抬起的视线有关。比如：
下雨的时候，闪电就是一面镜子。

你被照亮过，但你并不知道。
激动的镜子，耀眼的性格像挥舞着的鞭子。
你被鞭打过，但你并无反应。
你被教训过，但记忆并不可靠。

星光灿烂的时候，永恒就是一面镜子。
你被捕捉过，但你并没有被重新放回来的感觉。

你自由过，但那是在你的自然
胜过你的纯粹之后才发生的。你几乎来不及总结。

现在，影子之歌比任何时候都要流行。
他们确信应保存好这些灰白的沉淀物，
但你觉得没有必要。大地才是一面镜子。
你在里面看到了自己的影子，

你低下的头像半个南瓜。是的，影子里还藏有影子。
你的影子经历过的事远远多于你本人，
但你并不觉得奇怪。你觉得这首诗很奇怪：
它就像一面没人用过的镜子。

2011 年

老磨坊丛书

老磨坊曾令你感动。没有一种教育
能和那秘密的时光相比。这几张相片
照得都不错，最关键的几个迹象
都被抓拍到了。是的。被磨盘磨过的青春
仍是黑暗的，但是，相关的变形
已足够用来恢复我们的本来面目——
你曾年轻得像一株年轻的水杉，
挺拔而安静，但更多的时候是新鲜而挺拔。
没有一种动物能在我的世界里
追赶上你的脚步。单纯的世界单纯你
总是比我们的速度更复杂。你喜欢说：
你跟不上我。好的。我们就假定，
围着你转是世界存在的一个理由。
我会让一只年轻的狮子来说服我，

接着，我会听从一群大雁的白色的劝告——

我不需要改变，我只需要追寻。我们就假定：

我能在你追上你自己之前追上你。

2011 年

内部消息丛书

从吹向四月的风中，截取
并制作出这音乐，既然你的名字里
飘着北京的柳絮，那也就没什么好隐瞒的。
欣赏完桃花，再欣赏喜鹊的小运动鞋。

枝条的每一下颤动，都会有一层无法洗掉的绿
渗向复杂的心理。如此，著名的洗脑
很容易被编入新内容。下面将要出场的是
语言和现实的双人舞。扭胯的语言

搂着挺胸的现实，转着快圈，
将整个现场介绍给道德的记分牌。
人不现实，比人太现实，更暧昧，
更多内部的消息，更诡谲于生命的张力。

2011 年

尖锐的信任丛书

一年中总会有这一天，
你得学会信任寒冷，
从尖锐地信任到尖锐的信任。
第一种情形，说的似乎是
它会是你的一个起点——
就好像钉子，用个准确的小眼
就能固定住最冰冷的日子。
第二种情形，说的是
寒冷，实际上比你本人经受住了
来自内部的更严格的筛选；
寒冷的意义并不比每一天
都像一片树叶那样更隐晦，或更明晰。
信任寒冷，该熔化的东西

到时候才会融化成一种自觉——
就仿佛真要和冬天的童话妥协的话，
也只有曙光如刺才是你唯一的对象。

2007 年 12 月

卷 三

野人学丛书

微妙到踪迹皆无。但面目依然可圈
可点。你独特于我。飞起来时，
没人能看见我们的翅膀在哪里。
其实，只要会飞，你就有机会微妙于
你很想摆脱一切。记住，老样子里有
本色的辩证法。白天，唯物，
原则上不照搬真理；晚上，唯心，
按黑白，讲究生活里到底能有多少情趣。
按起伏的次数统计迷宫活跃的程度。
最难忘的是你的另一面，
向左倾斜，只有花心才莫测。
替右着想，唯有天赋委屈最大。
一眼望去，你已被命运放大了四十倍。
你的头发就像从峭壁上垂落的藤蔓，

一个野人来不及细看，抓紧藤蔓，

向崖顶攀缘而上。一转眼，微妙再次上演了。

记住，一旦非此即彼，谁都可能是野人。

2011 年

当代诗学丛书

野草将我在黑暗中缓缓放倒，
就好像需要治疗的，不是心灵的局限，
而是迷宫是否还积极。积极的迷宫
就像我中有你，并且不沾边乾坤
好比一个容器。如此，迷宫是否有趣
就变得关系重大。有趣的迷宫
不只是一次难忘的经历，它还是
一堵可靠的挡箭牌，挡住了很多射向你的箭。
你该学会神秘地感谢神秘的帮助。
我知道，你的命运绝不可能雷同到
我已走到人类的尽头。你不需要夸张
你我的底线。你知道，我刚从婚姻的废墟中
拎出了成捆的暗箭。垃圾的报复，
真是干得漂亮啊。损失超过了毁灭，
新寓言很快就会翻开激情史的死角啰。
再具体一点，损失甚至比微妙的失败还要神秘：

损失的，不仅是你有过多少纯洁的精力，
不仅是你还有多少宝贵的时间；损失的
是欲死欲仙，是无法弥补的黑暗中的胜利。

——赠清平

2010 年

涉世学丛书

盛夏喧响着。有意义无意义
全都摘下了面具，想邀你入伙。
诗，嘀咕着如何才能绕开蝉。
诗渴望回到诗中。大海或者洞穴。
脱过壳的壳怎么也卖得这么贵?
仅从字面意义看，最低折扣
是给喜欢戴帽子的人准备的。
只有金嗓子的服务对象还说得过去，
纪念品纪念你从不忘本，左比右更游戏。
你安静得像养蜂人刚脱下的
一只白手套。蜜蜂的大海将你的潜力
密封在天知地知中。如果你申请的话，
有一份工作会比海底还要深。

2010 年

身体风景学丛书

这事情发生天地之间，你并不是
一个新的发明者。你的身材不错，
但秘密被激活，还需要其他的原因。
身体的音乐，他们反复摆弄它，甚至琢磨它，
甚至魔术你的身体是毕生的乐器，
但是，你并不只想着成为身体的乐师，
除非这秋天的大地正在向你展示
一个明确无误的身体。痛苦押孤独的韵，
这事情只在我们的语言里才会发生，
你以为巧合会如此奇迹吗？最幸运的，
其实是风景，因为风景可能会很孤独，
但你绝对不可能遭遇痛苦的风景。
现在，这孤独的风景中的绝对的献身者
是泛红的枫林。一个纯粹的对象，
启发你在共鸣的自我中寻找伟大的友谊。

请坐好，再往下来点。请坐得自在些。
这事情不会混淆做爱和坐爱，就如同诗，
无论自然不自然，都不会混淆你和我。

2010 年

情感教育学丛书

一开始，这感觉就很强烈，
随手抓一把，摊开一看，就如同
一次地震试图找到与身体的战栗相对应的
词，或是规则。背对着的脊背
泛着银灰色，就像一个暧昧的浮标漂晃在
距婚姻的码头只有四十米远的地方。
可怜的海鸥，大反响里的小英雄，
不知道暴风雨至少有过半小时的正确。
做不做梦，你都会遇到这些
人模狗样的垃圾。来不及呼吸的，
正被回声放大着。白浪像皮鞭，
重重地落下，不停地抽打着
宇宙的意志。在这里搞一块地，
给你心中的每一首诗配上一块礁石，
不会让你感到不环保吧？相邻的主题
已被镰刀剃过，群山的骨头
硬朗得像铁青的悬崖，每一次承受，

都很具体，却没留下斑驳的痕迹。
你承受的东西一向都很隐秘，
但这一次，你并不孤单。你走在险滩上，
同行的人都死过不止一次。你正接近
我的遗嘱。你以为自己这辈子再也不会信任
没有在心底死过一回的人。
死于心，竟然精确如回报，它是
从完美的海洋教育中找回我是谁的第一步。
如果有时间，你也许会发现还有其他的体面的做法——
就像短尾鳄鱼挖在沙滩上的那些坑。

2011 年

轮回学丛书

你不会认识一个叫壁虎的人，
你走的是另外一条路。铁栅栏的后面，
常春藤不会轻拂你的外套。
你从不会去报亭买报纸，你的消息来源很固定，
它不会被压在生活杂志的下面。
因此，你也不会理解每天去报亭买报纸的乐趣。
或者，那根本就不是乐趣，而是一种习惯。
你已习惯你并不认识一个叫壁虎的人。
你不会从幽灵的存在中学到任何东西，
所以，你并不知道幸运还意味着什么。
你也不会知道我为什么要爬上火车站的屋顶。
没错，每年夏天，会有很多壁虎顺着墙壁
爬上火车站的屋顶。表面上，
我的方式和这些壁虎没什么不同。
那里，我甚至捉到过一只壁虎。我把它放到
我的膝盖上；它并不挣扎，反而安静得
像一只部落战士使用过的箭头。

沿着箭头所指，一列货车向西方驶去。
那里，我练习捕捉在地平线上移动着的
青烟的记忆。往事变成故事。我和壁虎
分享着永恒的落日。意思是，轮回好不抽象。

2011 年

缩影学丛书

假如没有奇迹，人算什么呢——
一个女孩要你帮她解决
这样的问题。但你现在是我：
我既不是一个男孩也不是一个女孩，
更不是非人的世界里的

不可知的新物种。你现在能重新感到
组织的力量吗？不要把现实想得太现实了
会触犯你的底线吗？但愿我仍有你能看得懂的面目：
一首诗就是我现在的身体——
你会习惯这种事情的。我将努力伸展

它的翅膀，让它适应更高的气流。
对啦，你说的那个女孩会骑野鹅吗？

假如世界不在下面，世界本身就是
一只野鹅呢？都已经到了这一步，
你觉得她还会有别的问题吗？

2010 年 1 月

复活学丛书

一小时后，星光的样子
将会比你现在看到的，更迷人。
迷人的星光里，会有很多带着诱饵的长线
抛向理想的冲突。当你来到对岸，
现实已被做过手脚，你会遇到
一个足有十五米高的大钟摆：
刚刷过漆，上下泛着釉光，衔接工作
做得很巧妙。它摆来晃去，
就仿佛它要催眠的是站在你身后的
某个巨大的东西。按这样的比例，你像是
虎皮鹦鹉嘴上叼着的一枚扣子。
但是，你不渺小于我已掌握的任何真理。
这么多刺，这么多天真的流露，
但是，醒来，醒在何处，其实已无法选择。
这么多他人的血，从你的皮肤里
渗出来。新的综合鲜明你
有过一个思想的源泉。所以，你肯定听说过

我的名字叫红。请停止呻吟和尖叫。
一个谜就可以救你，假如你答应过
放聪明点的话。我想，我会做得比这些刺更好。
我会记住你的选择的。我的位置有天赐的一面，
和他们不同，我活在你我之间。

2011 年 6 月

野花心理学丛书

野花能有多野？这条路
为什么这么奇怪？安静得就如同
还没有发作过的歌喉。你倾听得越久，
高贵的野蛮人留下的脚印越像是
一记响亮的耳光。那些被践踏过的栅栏
想必是记忆的特殊的记号，但是
很遗憾，你的记忆还从未使用过它们。
一旦展开，歌喉很容易就婉转成
起伏的思路。比如，在底线附近，
可能有过另一番情景：野花才不野呢！
声音很大，共鸣的野火里
像是有一桶水泼向了无边的肺腑。
再次出现时，你浑身透湿。
冒着烟的教训很呛人，很给旋律面子，
即便跑了点调，也很说明问题。

这些高原上的野花确实没有其他的秘密，
它们很大方，优美于你我有一种奇妙的才能——
就像玛丽安·穆尔早就提醒过的那样。

2010 年

换骨学丛书

抵达之前，会有很多和解，
但不会有太幸运。会有很多谜，
就不信迷不死你，但不会有
无法揭开的底牌。谜是严厉的，
你真的需要我把每个环节都铺垫好吗？
为什么幸运不能太廉价？
因为它不抗震，至少这一回，
至少在这一点上，它没有对电视新闻说谎。
严厉的幸运或许才能带来
神秘的帮助。否则，即使脱了胎，
也别想换骨。你想知道换骨学的
政治底线在哪里吗？一个人的痛苦
就是宇宙的痛苦，但不是王国的痛苦。
一个人的痛苦只可能在国家和国家之间的

绝对的深渊里得到解决。时间能抹平的，
只是你我的结局或局限。时间能抚慰的，
你现在知道，诗会做得更出色。

2009 年

命运之刺丛书

说来听听，你究竟为我们的命运
做过哪几件实事？我虚构过一个窗口，
从那里你可以看到灵魂的
全部的秘密。春天的窗口，流汗的雪山
在对面耸立起冰的虚无。速冻人生
可降低多少损失？哪一种质量过硬
可保证吃到的醋是新鲜的？沉重的云
像迷雾的口信。你也配找永恒的碴子？
其实，我并不想低调得这么巧妙。
我对我们的身体做过很多大胆的假设。
爱与死，老搭档，不越轨
怎么婉转新感觉。不永恒
怎么刷新这些瞬间。哦，逆时针旋转，
铁的晕眩，我这就把幸福介绍给
道德的减法。最简单的做法是
相信隐喻能拯救意义。用一千座高原定义幸福，
你会不会觉得好受一点？或者，

我恳求我们的命运就好像一群蜜蜂突然飞过来
将你的紫阳花团团围住。命运之赐
如何减去命运之刺？声音的裸体
多么及时，多么辩证。偏僻的甜
正好配套本能秀。这些木绣球确实很形象，
很适合回答来自另一个大陆的问候：
它们的火焰既热情又安静，它们的固执
仅次于诗：就像是刚介绍给你的一个节日，
它们的雪球晃动在爱的手套里。

2010 年

泡沫学丛书

你的身体里有岩石的缝隙，
使劲一拽，这张网开始显露原形。
原形的意思是，每个原型
其实都是一个前提。比如，这张网
就是它自己的魔术。有舞台，
观摩起来会方便一些。没有舞台，
交流也不会中断。这张网编织着泡沫，
泡沫就在你的眼里。大大小小，
这些泡沫困惑着人生是否需要先验。
你该不会否认你很熟悉泡沫吧。
提醒你一下，你的身体
是你的魔术师；不过我必须警告你，
你绝不只是一个道具。你的身体
有大海的尊严。不自我插曲

生命的幻觉，爱的潮汐帮你回顾
这首诗是如何完成的。你有没有天赋?
不知道怎么吃海带的人怎么会知道!

2011 年

启蒙诗学丛书

你好，深入。你好，浅出。
感谢你们能参加今天的秘密聚会。
今天是大风降温的第一天，感谢你们
能在这么冷的日子里接受诗的邀请。
多少有那么一点，这说明了
生活还很神秘。现场是刚刚布置好的，
一流的手法。是的。所有的细节
都呼应着对人性的清醒的认识。
希望诗学如何分寸你的现实感？
神秘诗学又如何组织你的世界观？
怀疑的时代，觉悟必须比怀疑更高级。
请尽快熟悉环境。请注意，四周
这些已架好的线是用来和迷宫保持距离的。
请微妙现实是不是迷宫。请示范一下。
请深入二十分钟。为什么微妙就不能剧烈一下？
或者，请美妙自我是不是你我的迷宫。
请再示范一下，请浅出两小时。

如果你不知道如何保持纯洁的精力，
你就挖掘必要的潜力。今天的主题是
自我表现究竟可以打碎多少面镜子。

2010 年

深渊学丛书

太特殊了。以致深渊的说服力
也显得很有限。个人的处境
如何客观？你遇到的事情，放进锅里
炖上六小时，会怎么样？命运失灵了，
但消化依然很系统。一截山药，半斤羊排。
天麻的新娘是红润的枸杞如此饱满。
白萝卜补的就是底气。瞧！这些山核桃树，
经历了二十个春秋，所以，比落叶更安静的是
靴底的秘密。仅仅有形象，鲜明的，
或深刻的，穿制服的人还是无法理解
作为一个特例的黑暗。人心之外，最好是
有个东西比无神论还要刺激。
要不要引诱一下星星的呼吸？因为遥远，
所以它们比冰的呼吸更接近真相。
假如非要透过点什么才能看清楚的话，
你试过用旋转的陀螺取代静止的水晶球吗？
狠狠地巧妙。给婚姻下套的人的基础是

法庭总会比法律更迷宫。玩的就是卡夫卡。
赌的是诗已经死了。傻瓜才迷信金匾呢。
没盖过红印章的事实还有很多。不杂念的话，
万仞山何等公正，半山腰种有一片妖艳，
也不交桃花运。野鸽子将云海丢给
复杂的山势，飞上来陪伴风景中的你我。
这幻象，当然不能用来和现实交易。
这幻象只是一种觉悟，就像新人生里
有曙光的警句：那么，就给深渊插上一对翅膀吧。

2009 年

诗歌知识学丛书

冷风席卷着角落。一排珍珠梅
已在那里生活了半个世纪——
它们的美丽必然和情感有关。前提是，
情感有时会很神秘。没错，再过两天，就是十二月。
光秃秃的枝杈轻轻晃动，就好像它们刚刚戳破过
冷酷的谎言。像这样的知识能否构成
一个核心：这美丽的灌木并没有强迫过任何人
去认同它们的美丽。你要得到的礼物
莫非只是一种觉悟？不能改变视野时，
你不妨先变换一下视角。也许角度就能提炼角落。
试一试，没准你还可以神秘一下机遇。
比如，角落里的情形现在就很典型——
落叶扑打着命运的情绪，就好像落叶是一场阵雨。
密集的落叶将改变你和我接触的方式。

我会用一首诗证明为什么落叶

会给你我带来雨的感觉。而你将负责说明，

至少并不是全部落叶都已随风而去。

——赠胡续冬

2010 年

顽石学丛书

海潮退去时，你出现在
悬崖下的海滩上。你浑圆得有棱有角，
从上到下，只有铁青的一种颜色；
哪怕只是轻轻一握，我也能感到
你的硬邦邦的回应中绝无掺假的成分。
六月的阳光就像刚从阁楼里
翻检出来的一叠乐谱。至少，
你在这样的乐谱上，在我的眼皮底下，
足足依偎了有半小时。在你的周围
是无数的碎石。从外表上看，
你和它们没有多少差别。你们的大小
是由大海的力量来分配的，非常公平，
却没什么理好讲。唯一的差别就是
我把你从地上捡了起来。忽然之间，
你具有了某种高度。这只是
很小的一点改变；发生的时候，
也很偶然，却带来了一种新的联系。

你对新的练习方式有什么更好的建议吗？
你在我的手掌上颠动着，跳上去时，
你像一块试金石，跌回到掌心时，
你无辜得像一块冰凉的动物化石。
假如我把你从威尔士带走，带回北京，
你能告诉我，诗，究竟对你做了什么吗！

2010 年

浮生学丛书

从分水岭上下来，你像换了一个人。
你开始敏感于乐趣。是的。生活有乐趣，
你才会对奇迹有感觉。

你比以前更热爱人的风景。它就像一个钻头，
在两次旋转之间，有过一个奇迹。
而一个奇迹就是一次区分。人的风景

为你区分的是沉睡的尖叫和醒来的灵魂。
而我是最早获益的人，我不会忘记这一点。
由此我想到，任何新意都不在于绝对，

它取决于你如何看待生活和艺术之间的天真。
我的变化也很多。我的身体变得像风中的
一座索桥，我邀请你在我的肋骨上跳舞。

2010 年

环境诗学丛书

我寻找宇宙的捷径时，遇到你留下的
这喷壶，陶瓷做的：拿在手上看，有点粗糙，
但放下去，却有说不出的古朴。你喜欢这感觉。
你希望这感觉永远留在你身边。
你渴望每次看到它，这感觉就会重现。
你允许我下一次判断，可以玩点象征，
但必须用最少的词。这感觉本身没有错——
就好像在我们的身体里，真理是一口井。
最深的钻探记录一万年后才能公布。
于是，你猜测它是在离北京很远的地方烧制的。
在我的眼里，它的样式就如同砍下的
一只鹰隼的头。至少，它的影子看上去很像。
你没有被说服，或者说，你没有被打动，也不妨说，
只要身边有静物，你就不想和标本交流感情。
在你看来，这喷壶就像一个小小的城堡，
巩固着你的秘密。即使是生活，也只是花园的一部分。
按大小，你将这喷壶编入梦的卡片。

每一次，我克制我的愤怒时，你便跑过来，
用喷壶对着我猛浇一气。现在，我已成长为
一棵会说话的树。该轮到你下判断了。

2009 年

镜像学丛书

一旦把灰尘擦去，这镜子
就是我们共同的天气。玻璃气象台
不会遇到失业问题。每个视野
都与水银的信仰有关。你不必担心
玻璃预报员会大脑短路。早春的天气
就如同一块刚擦过的巨大的玻璃。
我从镜子里看到雪白的云朵
飞进你的身体。生活的变化
抓住了一只乳房的鼓胀的事业。
你开始变得轻盈。不论以前人们对你说过什么，
从现在开始，你的轻盈意味着我不再需要
其他的视野。我从镜子里看到
我比你更容易受到真理的影响，但我不说
我，生是真理的人，死是真理的鬼。
鬼太阳，没想到吧。它是我在上个星期
发明出来的一把锁。为什么不试试你身上带着的
那串钥匙呢？你的钥匙，对我来说，

就是闪光的雨。最后，我从镜子里看到
一只小松鼠飞快地从栗子树上跳下来，
活灵活现地，舔着雨的舌头——
那派头，就好像我们从未旁若无人过一样。

2008 年

偶像学丛书

激情之中，真相微乎其微，
时间已变得很宝贵。你也许接近过
一个最高形式，但没有被说服。
严酷的现实使你看清了很多东西，
但没有被说服。诗，拯救了很多东西，
但你没有被说服。爱，根植于天赋的选择，
矛盾于简单太深奥，你还是没有被说服。
于是，你抱怨责任和诡异都没尽到全力。
谁的责任？还需要不需要舞台？
什么诡异？后台到底有多硬？
你具体抱怨的是，运动已不能解决问题，
高潮已落后，甚至晕眩也已不够刺激。
你不需要结论。你只需要一点时间。
五年之中，你已去过八次草原。

现在，放眼望去，芳草丛生，你突然意识到
你还从没有被大自然的热情说服过。
你朝一匹马走去，背影晃动如地平线上的彤云。

2008 年

遥远的虔诚丛书

在最远的地方，我最虔诚。

——保罗·克利

现在，他来到坡地上的藿香中间
想解决他的悲哀。性喜群聚的藿香
给了诗歌一个面子。他的叶子，指纹清晰，
像刚用过的小降落伞一样安静，
比最新鲜的绿还要安静。
沿语言的轨迹，他刚刚试飞过
蜜蜂的空中杂技。哦，绝唱。
他刚刚用大小矫正过人间喜剧。
他的花蕾，喷张着紫色小嘴唇，对准人中无人
倾吐宇宙的正气歌。即使算不上是
北京最常见的蜜源植物，他也觉得
它们的思路有过人的一面。两小时前，
他还悲哀于人怎可不貌相？一个月前，
面对一纸空文，他还悲哀于法律怎么会属猴？

属鸡，属犬，岂不更热闹？哦，属牛，岂不更本质！
有疑问，就说明他的足迹还不够彻底。
譬如，花容就很少腻腻歪歪。
现在，他的态度是，无论花非花端正的是什么，
你都不该乱说：生活在别处。

——赠郁文

2009 年

循环诗学丛书

很多东西都已试过。浮士德
举起过可疑的杯子。柏拉图炒过
野鸡下的蛋。孔子赶过马车，
他对如何辨别腊肉也很在行。
黑夜里的白昼像中药；无论何时，
只要你需要，月亮就是源泉。哦，汹涌，
莎士比亚使用过的旋涡将我们的时间
变成了一个幻象。你迟到了，更糟糕的是，
你又喝得醉醺醺的，踉跄着小圈子，
假装人生比死亡更荒谬。哦，菊花，
否定的精灵从一开始就无法稀释你的美丽，
在南方，你有一座高山的身体。
哦，美妙的循环。无用的陶渊明
无知地强大过一种心灵的反应——
像细流，自我流进了最深邃的可能性。
哦，悠悠，向喜悦学习是否意味着
你比一个陌生人更积极于看。

哦，迷人的风景。和真相相比，
悲剧注定是减法，拔出来后会带点秽物的，
但却比所有的钉子都干净。

2009 年

回声学丛书

西红柿疯了。现实全是对立面。
它想象一个影子从早到晚捏它身上的
没日没夜。它设想自己曾三次拒绝过
世界之最。它请主持人传达一个信息：
没有吃过疯西红柿的，请再举一次手。
但这一幕很快就会过去。很快，
它就嫌骨头炖得不够烂，还没烂到骨子里去——
这么点火候都掌握不好，
要是遇到虚无和面具，该怎么办？
还能怎么办！如此，它嫌骨子里的矛盾
比宇宙还浅薄。它嫌鸡蛋还疯得不够。
说到底，扔出去的鸡蛋还是没有摆脱
理性的轨迹。鸡蛋比操蛋和驴粪还会装傻。
比绝望还自尊。它把自己投进
一口深井。它忽然想到列夫·托尔斯泰
在《伊凡·伊里奇之死》里漏掉的一个细节。
这口井，涉及了太多的比喻。

但愿黑暗王国不会弄错了。它想象自己
正在穿越黑暗王国的喉咙。记住，
饥饿本身并不构成答案，只有回声才是神圣的。

2010 年

秘密语言学丛书

忘掉那些废话吧。语言的秘密
神秘地反映在诗中。一只冠蓝鸦飞进诗中，
而天空并没有留在诗的外面。

你的秘密也反映在诗中，
你去诗中的湿地辨认美丽的鼠尾草；
而我，将会在诗中遇见你。

语言秘密地活着。活出了生命的
另一种滋味。语言因为等待你的出现
而听任太阳下有不同的生活。

你是它的植物。它这样选择你——
从生活的阴影中走出，你来到一簇绣球花前；
掀动草叶的风像一次治疗，而那些幽蓝的花瓣毫不避讳语言的器官是否像它们一样精巧而漂亮。
你曾困惑于语言的器官不够鲜明，
现在，它们生动得就像你没有做过的一种爱。

下一步，你需要从生命的阴影中走出，
就好像语言的秘密取决于诗如何行动。
如果你选择飞，你的身上会长出靛蓝的翅膀。

2011 年

诗歌友谊学丛书

你来自一个大陆。你身上
有沙漠的影子。无边的寂静
像一张药方，风把它吹到你的脚下。
你不会把它错看成神的菜谱。
你的拿手戏是制造气氛，
向灵魂提供各种结构。
星期六下午，你会带着一瓶酒
去看望老朋友，而她已经变成鸽子，
居住在树洞里。以前，你从未想过
那么高的地方会有一个洞。
虽说每个人都有一个未来，
但是你，不会去主动选择未来。
你不会急于熟悉你的未来
就好像它无法促成一场伟大的友谊。
你把腌过的鱼翅放在
野猫蹲守的台阶上；它们
有时是五只，有时是三只。

它们的专注使你深受启发。
如此，你用巍巍雪山冰镇我们的孤独。
你咀嚼各种植物的根须，
你表现得很积极，就好像扎根扎对了，
可以不宿命。你租用了
一棵海棠的时间。所以，
你需要每天给我浇一次水。

2009 年

私人鸟类学丛书

我今天分别看到过喜鹊，乌鸦，
麻雀和楔尾伯劳。也许还有纵纹腹小鸮
但隔得太远，没法确定。

能确定的是，我和第一只喜鹊的距离
是三十米，和第一只乌鸦的距离
是四十九米，和第一只麻雀的距离
不到五米。楔尾伯劳只出现过一次，
所以，我和伯劳之间唯一的距离是十六米。
也可这么理解，我和这些鸟之间的距离
经常会变化。但算起来，我和它们之间的
平均距离在冬天是二十五米。

我有种奇怪的感觉，这也许就是
我和死亡之间的距离。见到你之后，
这感觉更像是一副骨架，撑起了百灵眼中的恐龙。

2012 年

雪人学丛书

其实，雪如果下得没这么大，
你照样会失眠。有了雪，
最好的借口就有了你的颜色。
但你的颜色，对我们判断世界的好坏
真有那么重要吗。降温之后，
天赋反而比天籁更冷静。
猛烈的降温好比猛烈的倾听，天籁里
有喜鹊投下的一枚硬币：它赌你
已找到比雪白更好的借口。
你借助雪，看清了你想看清的东西。
原来，梦从没有骗过雪人。
假如这借口还不够确切，
那么，你至少堆过三十个雪人——
作为一种神秘的政绩，他们
在我们的时间中从未造成过任何损失。

他们比你本人更记得你做过什么样的梦。

太白了，就好像有一种权力

永远不会因雪下得不够大而过时。

2012 年

脑海学丛书

我摘下滑雪帽，把我的铁头伸进
冬天的灵感。里面黑乎乎的，不透风，
严实得像一个大羊皮袋子。
没想到黑暗也会如此温暖。
继续。心声吞没了宇宙的冷漠——
从未有过其他的概念如此需要
我们必须进行一次彻底的沟通。
事物的轮廓已不重要。因为视线已让位给
原始的嗅觉。铁的灵感会照顾好
你留在雪地上的那些脚印的。
一头棕熊模拟了假如你没读过《长恨歌》
会是一副什么模样。一生中
你真正需要别人帮助的时间
都集中在脑海这个词里。伟大的脑海

关系到你究竟还有没有一点常识。
或者。不管你是否理解，大脑里的海，
完善了波浪和齿轮之间的一种关系。

2010 年

卷 四

纪念王尔德丛书

每个诗人的灵魂中都有一种特殊的曙光
——德里克·沃尔科特

曙光作为一种惩罚。但是，
他认出宿命好过诱惑是例外。
他提到曙光的次数比尼采少，
但曙光的影子里却浩渺着他的忠诚。
他的路，通向我们只能在月光下
找到我们自己。沿途，人性的荆棘表明
道德毫无经验可言。快乐的王子
像燕子偏离了原型。飞去的，还会再飞来，
这是悲剧的起点。飞来的，又会飞走，
这是喜剧的起点。我们难以原谅他的唯一原因是，
他不会弄错我们的弱点。粗俗的伦敦
唯美地审判了他。同性恋只是一个幌子。
自深渊，他幽默地注意到
我们的问题，没点疯狂是无法解决的。

每个人生下来都是一个王。他重复兰波就好像
兰波从未说过每个人都是艺术家。
伦敦的监狱是他的浪漫的祭坛，
因为他给人生下的定义是
生活是一种艺术。直到死神
去法国的床头拜访他，他也没弄清
他说的这句话：艺术是世界上唯一严肃的事
究竟错在了哪里。自私的巨人。
他的野心是他想改变我们的感觉，就像他宣称——
我不想改变英国的任何东西，除了天气。
绝唱就是不和自我讲条件，因为诗歌拯救一切。
他知道为什么一个人有时候只喜欢和墙说话。
比如，迷人的人，其实没别的意思，
那不过意味着我们大胆地设想过一个秘密。
爱是盲目的，但新鲜的是，
爱也是世界上最好的避难所。
好人发明神话，邪恶的人制作颂歌。

比如，猫只有过去，而老鼠只有未来。
你的灵魂里有一件东西永远不会离开你。
宽恕的弦外之音是，请不要向那个钢琴师开枪。
见鬼。你没看见吗？他已经尽力了。
他天才得太容易了。玫瑰的愤怒。
受夜莺的冲动启发，他甚至想帮世界
也染上一点天才。真实的世界
仅仅是一群个体。他断言，这对情感有好处。
因为永恒比想象的要脆弱，
他想再一次发明我们的轮回。

2011 年 11 月

纪念柳原白莲 * 丛书

身边已足够辽阔。
15 岁第一次结婚。比青春还左。
26 岁又嫁给煤炭大王。比金钱更右。
但是，左和右都把你想错了。
37 岁春风把你吹到牛奶的舞蹈中，
做母亲意味着家里有一口大钟，
挂得比镜子的鼻尖还高。
历史是入口。闪烁的星星知道你的秘密，
就仿佛你给它们寄过紫罗兰和蜂蜜。
嘿，我在这里。你的喊声
回荡在爱与死之间。而死亡是
一种奇怪的回声，它带来的每样东西都很新鲜。
比如，悲哀是新鲜的，它不会
因日子陈旧而褪色。能判断你的人
似乎不是我们这些好色的圣徒。

---

* 柳原白莲（1885—1967），日本女诗人。

据说鲁迅也没见过比你更美的女人。
而我感到的压力是，不变成一个女人
我就没法理解你的高贵。
但是崇拜你，就意味着减损你，
甚至是侮辱你。你提醒我们
你曾向秋天的风中扔去一块石头。
那意味着什么？你帮助语言在身体那里
找到一个窍门。对盛开的梅花说
只有细雨才能听得懂的话。而最重要的话，
如你表明的那样，只有讲出来
才会成为最深邃的秘密。
你赢得信任的方式令我着迷，就仿佛
信任不是一种选择，而是一次机遇。
最大的信任常常出现在早晨。
比如，柿子像早晨的眼睛，
脱离了夜晚带给它们的
低级趣味。柿子挂在明亮的枝头。

你发明了看待它们的目光，
从太阳的背后，从时间的反面。
猫头鹰已经飞走，乌鸦的黑拳头
摆平了时代的赌局。成熟的柿子，
肺腑间的珍珠的格言。你的和歌
并未让今天的风格感到遗憾。
因为你再次证明了，诗是这样的事情：
我们必须干得足够骄傲。

2011年8月

纪念罗德里戈*丛书

比孤独，我们会遭遇爱情。
多数情况下，美妙很容易见底，
快一点巧合慢一点，造化自有分寸，
才不在乎你付没付印花税。
比默契，我们全都在我们的水平线以下。

不美妙也不复杂。一块伤疤用另一块伤疤指出
我们的人性究竟困难在哪里——
情爱中的恐惧甚至比爱情中的神话更美；
深刻于战栗，也不是不可能，
关键是看你能包容多少宇宙的压力。

比心灵，意味着给两人之间的风格装上一个开关，
轻轻一按，沉重就有了迷人的灵活性。
比灵活性，你会进一步地体会到

* 胡瓦奎因·罗德里戈（Joaquín Rodrigo，1902—1999），西班牙作曲家。

天赋的作用可能远大于我们之间
你所熟悉的任何一种起伏。在哪里跌倒，

就在哪里逆反。比哪一点更突出，
我们会面对在我们的复杂和单纯之间
有太多的你。你总要比你多出一块。
比你我，无非是比希望还会怎样打发我们。
比西班牙是否动人，我们就会陷入你一个人的伟大。

2010 年 4 月

纪念陀思妥耶夫斯基丛书

她走进了她的对立面：大城市里的
小人生。虾不新鲜，韭菜用水泡过两小时
还有去不掉的农药。男人的世界里没有理想的男人。
凡现实一点，好人就比好要复杂。

能让她停下来的东西几乎没有。
不是现在没有，而是从一开始就没有。
如果是你，一杯红茶，一块蛋糕，就能让你停下来。
如果再有一小碟松仁，那就更好了。

她不会意识到你其实比她更尖锐。
你的手里拿着诗的榔头，而她移动的速度
就像钉子被敲打时的速度。
她想证明的是，世界上不该只有一种逻辑。

不能被证明的东西令她对爱感到狂躁。

从一开始就像是陷阱。她觉得自己是

比诗更深的陷阱，她像钉子一样等待着被人

从生活的铁板上拔出。你手里有榔头，你敢吗?

2008 年

纪念霍桑*丛书

红字自高墙上剥落，纠结着落叶一起，
飘向处女地。开窍开得这么突然，
竟然也能巧遇英雄出少年。多年过去，
你依然清晰地记得，荒野曾纯洁过恐惧——

啊，荒野。从呐喊到呼吁，精神的变奏
就如同扔向激流的小石头。凸起的自我，
潜力于青筋像幽蓝的小鱼。多么可爱的运动，
向打入到内部的力量致敬。把一口气吹进皮肤，

这气球就会载着你的呼吸，不断上升。
蔚蓝的天空里有蓝字，大写的，袅娜你
也许可以和大海一道分享生活中的机会。
悬崖曾多么青春，随便跳，你想试验

---

* 纳撒尼尔·霍桑（Nathaniel Hawthorne，1804—1864），美国小说家。

多大的爆发力，都可以。也随便你
是否还想回到心灵的自由。练没练过，
白字最有发言权。白里透红，再进一步，
就是早熟的虚无。呸。但是，没有虚无

就好像没有死亡。没有死亡，就如同没有
必要的荒谬。啊，荒野。但愿你不介意
无字碑取材自磨刀石。将自我引向寒光，
随便你从衣服上撕下什么，它们都是黑字。

2008 年

纪念贾科梅蒂*丛书

在和我们有关的视觉艺术中
有很多《圣母与天使》。请再明确一下，
你说的到底是哪一幅？你应该知道
我指的是哪一幅。到了我这个年纪，
我对顿悟已提不起兴趣，只有绝对的安慰
或许还能挑逗一下我。对艺术而言，
直觉就是责任。我必须回到

最瘦的线。首先，是返回。
其次，才是使用这些线条——
虽然很多人不太理解，但它们瘦得并不可耻。
它们也许是生命的最后的迹象，
也许是生命的最初的开始。
我塑造了它们，教它们学会用细长的线呼吸，
但我不会替它们做出选择。

---

* 阿尔贝托·贾科梅蒂（Alberto Giacometti，1901—1966），瑞士雕塑家。

你的意思是，没有杰作，只有我们
必须独自一人去面对杰作。只剩下一种情形。
是的。我喜欢安静的，不受打扰的，
单独约会契马布埃*。这么说吧，
《圣母和天使》是他留给我的图纸：
它工作起来就好像它不仅仅是一件艺术品，
它很像诗，难以捉摸，却最接近我们的真实。

2010 年

---

* 吉欧瓦尼·契马布埃（Giovanni Cimabue，1240—1302），意大利文艺复兴初期画家。

纪念保罗·克利*丛书

认识你是因为罪。一个线条丰腴的女人，
你画下了她。这也许是重新认识世界的一次机会。
一个女人就能解决全部的问题。至少，你曾这么设想过。
要么就是，你曾处理过这样的灵感。
你决定让她不穿衣裳，躺在树杈上。
而在以前，她只习惯躺在沙发上，或床上。
你做了一个伟大的艺术家能做的事情——
仅仅是改变背景，就改变了一个人的未来。
那年我十六岁，因为读《红字》而没有完成
数学作业，因为读《呼啸山庄》而发现
自我是可以改造的，因为读《理智与情感》而陷入
白日梦，而移情就是用苍蝇拍敲打《忏悔录》；
如果有真相，如果你真想了解的话，
那么，是巨大的诱惑充实了我。那也是
我第一次认识到我的身体并不完全属于我。

---

* 保罗·克利（Paul Klee，1879—1940），瑞士画家。

我反抗，于是又意识到我的身体
经常不在我的肉体里。在三四米之外，
我的身体会变成一棵枣树。院子里有两棵树，
一棵是枣树，另一棵还是枣树。
这不是废话，这是一种节奏练习，
牵涉到你究竟想把世界摆在什么地方。
直到现在，仍是诱惑在充实着我。
所以，我的情况和他们不太一样。
每隔八年，我都要引用一次你的话——
我多么想谦卑地跪下来，但跪在谁的面前呢？

2009年

纪念斯宾诺莎*丛书

他是他自己的先驱，唯物意味着自由。
相对的自由绝不是妥协，而是我们能得到的
最好的礼物。从例子上看，孤独未必就不浪漫。
孤独本身其实很有趣，甚至比宇宙本身更友好。
阿姆斯特丹适合于磨制镜片，
美丽的荷兰是世界的反光，稀释了
西班牙带给他的神学的恐怖；但是，
最好免谈历史的耻辱。典型的做法是，
为真理而死已属不易，为真理而活着就更困难；
不矛盾，怎么讲政治。不矛盾，
友谊如何反映心灵带给肉体的安慰。
不安慰，宇宙的和谐又如何落实到
是这张床舒服还是那张床更舒服。
从简单的工作中获得一种生命的基础，
他的灵感取材于玻璃。他把玻璃磨成了器官，

---

* 巴鲁赫 · 德 · 斯宾诺莎（Baruch de Spinoza，1632—1677），荷兰哲学家。

让模糊的记忆凝聚成清晰的爱。
永恒不永恒，其实是一种运气。或者说，
永恒不过是一种自我训练，就好像他的上帝
能讲一口流利的葡萄牙语。
总的来说，他的运气不错。在他出生之前，
曾有无数人想成为他那样的人，
但都运气不佳。个人的存在如何真理?
我们在自由与死亡之间所做的选择，
对他来说是陌生的。半公开地，他推荐智慧:
人的智慧不是关于死的默想，而是
对于生的思索。假如没有迷宫，
历史可能会更丑陋。如果我唯心，
他死的时候只有 45 岁。而我今年刚好 45 岁。

死亡不过是想象力的自由游戏。

如果我唯物，并且彻底地伦理，

死亡就是我此刻不想与任何人交流我的斯宾诺莎。

2011 年

纪念迪伦·托马斯*丛书

小海湾纵容着生命的轮回，
每天如此，第一次涨潮已经退去，
第二次涨潮随时都会扑上来，将停车场淹没。
杨炼的宝马在那里已停了五个小时，
但从酒吧出来之前，没有一个旅游者
能意识到这险情意味着什么。

在两次涨潮之间，美丽的滩涂
就像是被天堂盖过的一个邮戳。
重新洗牌啰。这题材好得
几乎给每一种明信片都带来了运气。
潦草的苇丛上，海鸥的叫声听起来
就如同两只咖啡杯轻轻碰撞在了一起。

---

* 迪伦·托马斯（Dylan Thomas，1914—1953），英国诗人。

苍鹭的小单杠稳稳地架在泥地上，
想怎么练，就怎么练。不就是神秘
现在已变得异常迟钝了吗！宇宙可是
从来不知道什么叫吹牛。你体验过
必经之路上仍有中世纪的旧城堡
在那里撑腰的感觉吗？破壁连着残垣，

但每一寸，都透露出完整的尊严。
建造这城堡的人肯定死过不止一回。
人和人不一样，才有这小小的心得
像熏过的鲑鱼。黑暗中的美味啊，
你需要找到另一张嘴，才能明白我说的
生活的滋味并不全部来自生活本身。

2009 年

纪念艾米·怀恩豪斯*丛书

你死于绝。我知道
这个字很难翻译过去。而且，
即便翻过去，也已经不重要了。
绝对的绝，绝望的绝，
但你的绝比这两种绝还要绝。
再不会有一种巨大的天赋
会比你更粗鲁，更失败。
你比粗鲁绝，比毒后的毒绝，
你比死亡更绝。因为你，
美丽的绝望摇身一变。你唱对了一半，
有些事情已在来路上了。
有些事情只能发生在来路上。
至于另一半是什么，已无关紧要。
第一印象是，你死于发泄。
神秘的发泄，超出了你本人和整个英格兰的

---

* 艾米·怀恩豪斯（Amy Winehouse，1983—2011），英国女歌手。

想象的发泄。突然之间，
生活的反面教材似乎在你身上
找到了新的灵感。但第一印象
从来就不可靠，里面全是
给傻瓜下的套。因为你，戴蜂巢的艾米
被死死套在蓝色紧身短裙中。
因为你，生活中还有比生活的真实
更重要的东西。因为你死了，
有人恨死了死。因为你唱过的歌，
灵魂的组合变得可能，
世界因怀旧而走神于不可容忍。

2011 年 7 月

皆寂寞丛书

——纪念古龙

又到了反骨换金条的
秘密时间，浪子谦虚通俗，
而无价埋伏慧眼；不信的话，那边
就有公平秤。尽管去，随便称。
仅仅凭借肉身，懂生活太难了——
就仿佛人生如旁观暗战。
看着，看着，好东西
全都被寂寞出卖了；
我秘密地读过他的小说，
所以，把西默农和西门庆放在一起，
谈不上误会。老外怎么能懂
皆寂寞是什么意思啊。
但我猜想，他在骨子里厌恶
我们的秘密会坎坷于差异。
大器始终在那里，酒，不过是
一种有趣，且深奥于并不深奥。

所以，我不敢肯定，只是推想——

真正的宽容其实全酿在酒里。

唯有无趣，才因人而异。

2012 年

艾曼纽·丽娃*丛书

维纳斯美容院里，你不是我。
金羊毛还用得着涂色吗？
揪一把，手心里也许会握紧一个眼神，
就仿佛因为广岛之恋，
我，可以活得好像美狄亚
在 2001 年有一个会说汉语的弟弟。
在此之前，阿尔蒂尔 · 兰波
厌倦了情色疗法；因为
爱，在男人和狗之间，替非洲的沙子
做出了最后的选择。意思就是
我不反对，自由，必须精确到
在太平洋的夜里听不到哭泣。
你就这么想吧：巴黎的意义
什么时候曾输给过时间历险记。
是的。蓝白红重塑了轮回的雕像，

---

* 艾曼纽 · 丽娃（Emmanuelle Riva，1927—2017），法国女演员。

我像疯了的马一样走动——
但不是因为寂寞的心灵，
但也不是因为波浪想隐瞒漂泊；
所以，即使没有骗子托马斯，
也轮不到我远离巴西。

2013 年

波拉尼奥*丛书

堕落的世界其实远不如
坠落的世界可信。父亲在卡车上爱上
母亲身上的开花的数学——
深奥原来也可以如此直接，
开花的数学从不会受到天气的影响。
你记住了一个难忘的事实，
世界必须有南方，祖国
必须有南方，真正的诗里
也必须有一个南方，就好像
四个轮子未必不是转动起来的
两只手加上两只脚。前后随你挑，
但是想倒车，撞倒了花盆
直接送美术馆冒充行为艺术，
智利就必须找出小说的后台。
从那里看去，如果不加阻止的话，

* 罗贝托·波拉尼奥（Roberto Bolaño，1953—2003），智利诗人、小说家。

世界的坠落和一枚分币的坠落
没什么区别：瞧，现在就有
一个分币，从你颅骨的裂缝里
一直坠落到我的手心。
但是，你不会想到，他们也不会想到，
我攥紧的手心就是我的南方。

2014 年

重读塞利纳*丛书

我就不再浪费帝国的时间
重复白天最深的愿望了——
漫漫长夜是我的黑海，
一个纵身，我游进海沟。
水，果然比鲨鱼的绰号还冷。
从此，美丽的语言不会再有
任何安静的深度。

2013 年

* 路易－费迪南·塞利纳（Louis-Ferdinand Céline，1894—1961），法国作家。

卷 五

仙鹤丛书

由于你的存在，对我而言，
世界不过是一种温习。
重新开始，或是重新迷惑于
会飞的自我确实是一次很好的演习。

倒下去的世界并不在脚下，
它遥远如一个幽深的洞
是一座美丽的教堂。里面的神
像你用手抓住的蛇。一旦松手，

誓言就有了信仰的尺寸——
大有大的爱法，小有小的微妙。
朱红色的肉冠比元素还元素。
你现在理解这些，还不算太晚。

你什么时候理解这些，都不算太晚。
就仿佛站起来的世界有赖于

你能用单腿独立在优美的睡眠中。
风大一点，对我们来说，就不方便，

但对于你，风是风格的加法，将风姿丰富到
我所接触过的事物的极限。
世界有极限，才会有你
尖锐地对立在人类的麻木中。

2006 年

原创性愉悦丛书

在我们之间有一只鸟。
只要你一睁眼，它就在飞。
它让我们渐渐适应了我们之间的最佳距离。
它给所有的感觉都插上了一对翅膀。

当它飞向你时，时间只剩下一厘米。
我第一次想捉住我自己。
我想在你面前，捕捉到一个带翅膀的我。
我第一次感觉到奇妙从未背叛过真理。

在我和你我之间有一种东西
飞得比鸟还快。我想在你我面前
松开一个全新的角色。它所有的重量加起来
也不会超过一只鸟。它有漂亮的头，

你随时可以借来一用。它有长长的尾巴，
你不妨用它们来翘一翘宇宙的神经。
你奇怪，这么小的一只鸟身上，
竟然有全部的生活的影子。

2007 年

夜鸟丛书

我梦见，我们在一起时一直是三个人。
你说，那另外一个其实是只鸟。

我叫你的名字时，那只鸟也一直叫。
你叫我的名字时，它仍在叫。

它的叫声，像一根缀着夜露的管子，
从黝黑的窗外伸了进来。

我们安静下来时，它的叫声依然持续不断。
它的叫声有确定的含义，只是里面没有一个名字。

它的叫声里包含着一种更大的呼唤；
以前，我以为那样的音色不可能存在于人的叫喊之外。

2010 年

你觉得一只猫叫黑牡丹有什么不妥吗丛书

停下来时，它比小煤窑的洞口还黑。
它侧过身看你。它集中了它身上所有的黑
对准你。它身上的黑将你无限放大。

别的方式似乎都试过了，你只剩下
给它留下的一个印象。是的，有一种直觉甚至深过了
它身上的黑。当然，你是一个好人，

只是你夹杂在它无力分辨的可疑的世界中。
它黑得让你想入非非。顺着它走过的路线看去，
不完美的天堂难道不是你从未捏过的

一块闸皮。从黑旋风到黑牡丹，一个泡沫
轻浮一个名字，它引导你穿越一个悠长的隧道。
也许，叫它黑精灵，会让事情变得简单些。

现在，它径直向你走来。它好像看清了
你身上存有一个洞，它选择了穿越你。
当它消失，它给你留下了一连串的化身。

2009 年

猫与鼠丛书

非这么做不可吗？时机合适吗？
地点选得对不对？当我想重新发明
诗的语言时，我看见了这只猫——
底色偏白，毛发凌乱而邋遢，
整个体态比起夏天明显肥了好几圈；
颠跑到丁香树下时，它突然停了下来，
开始轮番伸出前爪，去扒弄落叶。
它专注得就像一盏强烈的矿灯，
投身于时间的洞穴。刺探，拍打，挑逗，
它的表演令小动作经典到了极致。
不论我如何提高嗓音，它也不理会
我发出的各种动物的嚎叫。其实，
我并无恶意，只是想和它打个招呼。
我刚刚拿到两份判决书，它们加起来
有十几页，如同一叠厚厚的落叶。
如此，我终于理解了这首诗的主角
为什么只能是这只猫。半小时过去，

戏幕还没有落下，我不再试图打扰它。
这期间，我进入过几次角色，也离开过
几个角色。而这只猫像是不知道累，
继续玩弄着落叶。非得这么做吗？
厚厚的落叶下面，难道藏着
一只曾经和诗作过对的小耗子？

2008 年 6 月

最基本的礼貌丛书

一大群雨燕来到了唯一中。
春天的唯一中，园林的唯一中。
没有人知道你为什么不这样说——
一群燕子飞进了唯一中。
它们把天空变成蓝色音箱，它们在生活之外
排演命运的偶然。它们的个头这么小，
它们的身手这么灵动，它们的游戏这么真实，
以至于你只是路过此地，并看到它们
在你的头顶编织一张快乐的毛毯子。
它们曾是最机灵的提词者，
它们记得所有被我们遗忘的台词。
快乐的见证。它们像小小的犁铧
将生命中的唯一匆匆掠过。一道道痕迹，
在记忆中变成一根根细绳。你被松绑的时候，
它们让淅沥的小雨变得年轻——
每一只燕子都代表一个秘密，
每一只燕子都整理过一条线索，

每一只燕子都欢乐过你的生命中
至少有过十七个春天的瞬间。
你是属于瞬间的人，所以，这些雨燕
才会来到了唯一中。它们的出场是一次兑现。

——赠林木

2010 年

孔雀的报复丛书

请不要介意我
把你描绘成一只孔雀。
我见过很多孔雀，但还没见过
比孔雀更像孔雀的人。
我以前见过的孔雀
都罩在笼子里：低头啄食，
眼神中像是卡着一颗小玻璃球；
偶尔，信步张开华美的羽屏，
就好像我们无意间已误入
它们求偶的范围：暧昧地，
通过将我们混淆为潜在的对象，
它们像是可以报复
那些将它们关进笼子的人。
很显然，那些笼子还带来了
一种准确的惯性：密集的孔眼，
透气性是否良好仿佛可以
不通过自由来解决。

待在外面，我们像是有资格同情
它们只能待在里面：暧昧地，
通过将它们转嫁为同情的目标，
我们像是可以恢复
我们曾有过的天真的面孔。

2009 年

野狗丛书

脏乱的毛发，迷离的眼神里
像是有钉子还没有拔出。
一团肉，但是比同样大小的石头更重，
滚动得也更快。一旦它滚动，
地平线就会平行于峭壁。
西西弗斯把更大的石头
推向山顶时，它曾在一旁放哨，
或是充当临时的见证人。
它能看明白所有的距离，
所以，它不希望你靠得太近；
当你把从麦当劳买来的食物丢给它，
从它敏捷的身手，你总算看懂了一件事：
对这个世界而言，比起你
它更善于判断什么才是垃圾。

看着它，你知道你的心
现在还不够强大，你还不能把它领回

你的家。但看着它，你知道
有一天你的心终会强大到
当着它的面指出，它已从你的命运里
借走什么，却不必归还。

2012 年

越冬丛书

和这些喜鹊一起飞翔，
似乎并不难。你的身体中
有东西轻盈如它们的分量，
甚至也有东西准确如它们的试探。

翘着尾巴，它们以你为邻，
就好像你身上结有美丽的果实——
喜鹊能看到而你自己却看不见。
假如我说，空气是毕竟的篱笆，你不会误解吧。

假如我说，和这些喜鹊一起游泳，
黑白分明于同一个身体；空气的浮力
会缓和你在世界和现实之间做出的选择吗？
换句话说，人的面目中曾掠过多少鸟的影子。

2013 年

鳗鱼汤丛书

原以为渴了，事情会变得简单。
好味道动荡肺腑，令风水恍惚于肝胆相照。
你不一定就不是我。变成鱼，
也难不住必要的收获。
而距离的组织，无非是不经过组织
也能保持神秘的距离。
一小时前，也是一万年前。
但是点火之后，新旧的意思完全变了。
不就是和陶醉做了一个对比嘛。
不就是勺子飞得比在梦里好看嘛。
不就是原来没想到
有一种渴是喝出来的嘛。
其实呢。喝，不过是将发亮的小钩子
扔向一张不断下沉的网。
网里，鳗鱼知道的事情比宪法还多。
巨滑的美味，广阔的穿针引线，
不就是炖过之后，用碎片完善具体的敬畏

比原来设想的更现实嘛。
要么就是，假如没有回味，
这脑海如何对付被灌输，被汹涌，甚至是被宁静。

2012 年

苍鹰丛书

分布于象征有黑有白，
而季节像是它用过的四把刷子。
稳住。就仿佛空气还没有开始燃烧。

最后的青山灵巧在绿水的门槛上，
带翅膀的时间确实稀少，所以，还是由你来定
单独活动中最珍贵的事情是什么吧。

它的盘旋像一个还没有人能看懂的旋涡。
稳住。它盘旋时，世界出现了一个新的底部。
稳住。用垂直的一千米稳住广告里的那只灰兔。

将好眼力用于心灵的新平衡。
你的目光像小小的铅锤，落在它的翅膀上，
落在它的腹部，落在脚爪上。而最终会落在它的背上。

2012 年

蚯蚓丛书

你姓蚯，单名蚓。如果说错了，
请再给我一个诱饵。
请用诱饵纠正我的错误。
请用错误延迟一个思想。
或者，你复姓蚯蚓，身材娇小，
在必要的环节上处处柔软，
但绰号却很强硬，听上去
像个黑帮老大。你号称地龙。
顺着地龙这条线索，回过头去，
再看被我们踩在脚下的
这片土地，践踏本身已有些麻木，
而你仍像灵巧的钻头一样
疏松着泥土。你雌雄同体，
靠重视环节取胜。虽然那胜利
由于我们的堕落而越来越缥缈。
你有好几个心脏，也许正是由于这原因，
你的按摩技术堪称绝对一流。

你死后，带着地龙的面具来拜访
潜伏在我们身体中的各种疾病。
因含有一种酶，你可治半身不遂。
你是伟大的分解者，达尔文曾称你是
地球上最有价值的生物。
据推测，你能用灵活的环节
分解掉我们所产生的各种垃圾，
现在，求你啦，请帮帮这首诗吧。

2011 年

蟖蜴丛书

转动的轮子改变了
世界的声音。你听到的音乐
不再是草木的响动，不再是单纯的回声，
它更好听，它充满了
更难判断的诱惑，就仿佛
这世界从未被神抛弃过。
该死的芒刺，也就是说，
在世界是否已被神抛弃的问题上，
有人对你撒了谎。
今天下午，两只轮子缓缓转动，
从你的领地上压过，
你逃过一劫。我假定
你不必拥有和我同样的心室构造，
也能听懂我们的心声，
就像尽管有其他的动静，但我能听懂
从草丛里传来的蟖蜴之歌。

它的意思是，假如只有一只轮子转动，
独轮车就会把世界推回到
没有蠢驴的年代。

2012 年

空壳丛书

在那些会留下空壳的昆虫中，
我最信任的是蝉。红粉中只有它
身材最小，并且精通使用翅膀。
知己中只有它不反驳
天赋可大可小。蝉的歌声
像一个透明的拱顶，悬吊在半空中。

蝉，并不像我们想象的那样
不同于禅；它的歌声
逼近禅，这很像伟大的怀疑精神
不用于怀疑。一百万只蝉
生产出的歌，能让时间的天平
向自我之谜倾斜。怎么独唱，

都共鸣于合唱。怎么合唱，
寂静的间歇都不会埋没
经历过蜕变的这个角色。

炎热之中，轻而薄的翅膀用尽了
本能和责任之间的一种关系。
受没受启发，取决于寂静

是否安静。自我是一个波浪，
迎头赶上你我，或者摇头甩掉世界的阴影。
我低调地爱上蝉声中的
一个波浪，它助我降温到空壳内部——
看上去又脆又薄，但它们的浮力
足以应付我们最神秘的沉沦。

2011 年 5月

石梅湾的红胸松鼠丛书

在它身上，好动和冲动
互为生动的假象。毛茸茸的大尾巴
偶尔像假肢，却平衡了它的
每个大胆的冲动。它无须小小的计谋，
仅仅凭灵巧，它已是保持距离的大师。
它和你保持的距离几乎
与它和黑熊保持的距离是一样的。
它不打算纠正这里面的微妙。
它可爱如你秘密地练过分身术。
它天生就是个向导，但你却难以
进入它为你安排的旅程。
它从琼海棠树上下来，假装朝沙滩跑去，
然后迅速地折回，你手里的
活泼的零食，难道不是即兴的节目？
它幽亮的目光里有一把细长的勺子。
它看着你时，仿佛能猜透你的一举一动；

你看着它时，仿佛有一扇门刚在沙子里关闭。

海风的跟头已翻进你的头发，

空气中的碗正盛着海浪的催眠曲。

2014 年 1 月 19 日

卷 六

芹菜的琴丛书

我用芹菜做了
把琴，它也许是世界上
最瘦的琴。看上去同样很新鲜。
碧绿的琴弦，镇静如
你遇到了宇宙中最难的事情
但并不缺少线索。
弹奏它时，我确信
你有一双手，不仅我没见过，
死神也没见过。

2012 年

金色的秘密丛书

低头时，我只看见这菊花，
金色向导，小小的手臂曲张着，像软体动物的触须。
粗心看，才貌合成艳黄的花瓣。

而我现在，心细得就像一根断弦。
养得这么好，一定懂政治，
于是，植物的礼貌就有了宇宙的深意。

一抬头，我瞥见了给它浇水的人。
她不是园丁，不过看起来她有更好的方法，
知道如何把水浇到点子上。

稍一比较，多数人的背后都有无数的秘密。
而她的秘密不在她身后，在我和菊花之间，
没错，她的秘密永远在她的前面。

2006 年

尼罗河百合丛书

最初，你叫不出它们的名字。
但是，第一眼，这些犹如伸出的蓝色拳头的非洲白莲
便在你的心里获得了一个位置。
一个位置，就像章鱼的吸盘一样有力，
许多生活的意义不停地向它游去。
被吸进去，被那些仿佛与我们的消化器官很相像的
内在构造奇妙成一叠记忆的小夹子。
再夹紧些，就好像这是把事情清理干净的第一步。
以前没怎么用过，不是你的错。
它们夹住的东西或许可叫作宇宙的彩色活页。
没想象的那么重，很好翻；
也很好玩，有点像重温翻身的隐喻史。
解放啰。动一下，就是虚无已死。
解脱啰！我们的身体其实和这些石蒜科植物一样，
并不讨厌朴素的逻辑。变种有很多，动不动，就绰约。
突出的特点是，绿叶的形状像裸体的剑。
是的，任何时候，不要轻易就说我们一无所有。

沿着它们的秘密旅途，从未得到过的奖赏
开始有了新的原型。很多时候，性无疑比爱更美妙，
但赢得我们的心灵的，是孤独的爱。

2009 年 10 月

百日红丛书

观赏性很强，但种植却从不普遍，
这就是你的命运。你的歌
是野鸽子的彩虹。我入迷得很晚，
但是毫无保留。对此，我感到十分骄傲。
我入迷，并且一旦入迷，就好像爱
已不足以构成一次跨越。
我想在最短的时间里缩短
我们之间的距离。为什么见到你之前，
我没想过我可以用这样的方式
抓紧我自己？我入迷，翘尾巴回敬
各种花样翻新的寂寞宇宙。
并且一旦入迷，我不记得还有什么东西是
比我们正使用着的语言更宽的鸿沟。
我开始有被羽毛爱上的感觉。
我想我会找到一种办法，把你给予我的友谊
再带回给你。我知道你从未听到过
斧子的声音。你并不因此而脆弱。

无论那些蠢货对你说过什么，

我都愿意替他们向你道歉。

我单膝跪地，但愿藏在你背后的精灵们

能看见我。因为有时候，我更愿使用

清晰的姿态而不是绽放的语言。

2006 年 7 月

金银花丛书

几只野猫从它们的领地里
警惕地，盯住从竹林后面走出的
一伙人：在它们和我们之间，
距离的每一次微妙的改变，
都意味着动物很政治。

没错，在它们玻璃子弹般的眼睛里，
有一个不为我们所知的世界。
但是，你不必道歉。你不必担心
剩下的谜本来就已经很少。你也不必解释
谜，从来就拒绝有自己的风格。

现在，向五月的风格提供例子的
是这几株茂盛的金银花。现实中的火

越抽象，它们的药用价值就越高；
尽管被喷过防虫剂，但加工它们的过程
仍是朴素的。你不会声称你从未采摘过东西吧。

2008 年 5 月

红柳丛书

热浪像两头警犬中
个头稍大的那一只。它耸立的耳朵里
藏着比闪电更快的鞭子。
但是很不幸，你已不再是鞭子的对象。

与热风留在沙丘上的格言相比，
鞭子是更原始的线索，它瞧不起影子的疤痕。
塔克拉玛干沙漠就很理解这一点。
不管你从哪个方向接近它，

塔克拉玛干沙漠都像金色的大筛子。
说起来，你的不幸很快就得到了补偿，
不知不觉中你已成为筛子的对象。
当你的身体起伏如高高的沙丘

跌入一个假象，你不必着急——
因为接下来，深渊比你聪明，死亡比你聪明，

虚无比你聪明，无底洞比你聪明，
上了发条的风景也比你聪明；

你要做的事情只是，继续从细枝上
开满红色的花雾，继续制作你的特效药，
继续把根扎得更深，更长，
祝福你。据说你扎下的最深的根可达三十八米。

2011 年

薰衣草丛书

久仰花名，第一次见面，
我猜你会这么说的。
我没有嗅觉，但我像我的另一个名字一样
知道如何沁入每个人的脾胃。
而你会假装空气不是艺术，
空气里不可能有芳香的艺术——
无论我给空气带去的是什么，
它都不会超出一种味道。
你不想在我面前表现得过于特殊，
你就像一个经历太多的男人
已不在乎错过任何机遇。
但假如我无关机遇，仅仅是由于
我的芳香能适应各种皮肤
而成为自我的植物呢？我猜你
对人的一生中那些无形的伤口
终会因我的渗透而渐渐愈合
深感兴趣。我的芳香既是我的语言，

也是你的语言，所以我有义务配合你——
直到蓝色花序从颖长的秀美中憋出
最后一片淡紫。从那一刻起，
我开始像偏方一样思考我的治疗对象。
需要服务的神已经够多了，
但我会把你往前面排；你看上去就像
一个即将消失在空衣柜里的
有趣的新神。换句话说，一件熏过的衣服
就可能把你套回到真相之中。而我从不畏惧
任何封闭的黑暗。我的芳香就是我的智慧，
经过循环，你也许会记住这一点。
我确实缓解过许多疼痛，但你不会知道
你的入迷也帮我恢复了更神奇的效果。

2010 年

鹅耳枥丛书

神农山上仿佛只剩下神游。
虽只是擦肩，主客间
却不肯轻易委身于而过；
毕竟一路上，反复山影切磋人影，
多次相似于这叶形秀丽的
乔木植物，无形中
编织了我的大惑。没错，
我的确说过，我最大的困惑是
我从未有过真正的困惑。
困惑于人，几乎是一种
不必要的耻辱。困惑于世界
被神秘地遗忘，至少
在我这里，不符合生命的逻辑。
困惑于虚无还不够过瘾，
这根本就经不起你我的推敲。
太多的相似始于木质坚韧，
且树皮粗糙得像歌喉。

多好听的名字，即使本意并不指向
天鹅的耳朵，也没关系。
我敏感于天鹅，就好像
我不是我的标签。我的确这么想过，
万一它们耐旱的本性
在我们还没准备好的时候
试出了你我的真身呢。
如此，茂密是它们的语言，
但没准，也是我们的方言。

——赠高春林

2013年5月

丁香丛书

丁香已开始发芽。
这么小，这么新颖，
和往年没什么不同；以至于你担心
时间之花在我们有限的生命里
已搜集不到足够的线索。
我呢，我只想放松警惕——
在丁香发芽的时候
正确于不是我们有道德
而是我们有足够道德的谨慎。
我竖起了你的耳朵，
你睁开了陌生人的眼睛。
天使不必比魔鬼聪明，
但天使必须有魔鬼没有的东西。
你说你没见过发芽的天使；
我并不打算纠正你，我假定你
现在正看着发芽的丁香，
像看着发芽的时间。

最后，请在这里签名——

发芽的时间也许无法改变

命运的乖戾，却能酝酿新的嗅觉。

2013 年

茴香酒丛书

我不能就这么草率地回答你——
假如你问的是，在伊斯坦布尔最大的收获是什么?
因为我正在喝茴香酒。有大杯子时，
我在喝茴香酒。杯子变小时，
我依然在喝茴香酒。没有杯子，
没有酒瓶时，我还是有办法喝到茴香酒。
马尔马拉海边的北京时间，
我喝茴香酒是因为我想戒掉
我的纯洁的恐惧，戒掉时间的错误，
戒掉你的音讯全无，戒掉我的本能的警惕，
直至戒掉我的深刻。我必须喝得
再慢一点。慢，但是不代表
刺激不到位。猛烈的记忆，
据推测，诗的友谊也想像它一样
拥有一个神奇的配方。将肉桂，丁香，薄荷
混入蜂蜜，甘菊，柠檬，似乎不需要
太多的想象力，所有的配料均取自

当地丰饶的物产。在蒸馏过程中，
酿造者发现，任何事物，想要完美的话，
只能从改变比重入手。他庆幸自己的哲学严谨于
每个人最终都会受到口味的启发。
所以，饮用它时，我是出生在北京的埃及人，
此后，以一小时为间隔，
我分别是出生在北京的意大利人，希腊人，
土耳其人，西班牙人和法国人。
我的胃口好得就仿佛它还是一种药酒。

2012年7月

骆驼刺丛书

它有蚕豆的脾气，
茫茫戈壁上没有其他的节日，
于是，它将体形大于它百倍的骆驼抛向天空。
炎热的空气以为接住的
又是一个关于迷路的动物寓言。
一松手，原来是我们的替身
想偷偷地再喝一口骆驼奶。
你必须警告他，如同警告你身上的
一头渐渐长大的猛兽。
再这么喝下去，烟幕弹里
就全剩下奶的味道了。
你应该学会像成年的骆驼那样品尝
刺上的糖粒，然后顺着构造独特的蜜腺
找到一个无私的理由；
但那还不是它全部的积蓄。

它还隐瞒了一个更尖锐的理由，
它从未因生存环境的恶劣
而阻止人们叫它希望草。

2012 年

麒麟草丛书

一开始，又像以前那样，它们的名字
将我困在名字的迷宫中。你知道
它们叫什么草吗？十个人中有四十个人不知道。
但是，好玩在翻倍。寻找答案时，
我像是在克服一个心灵的风暴。

它们到底叫什么？一百个人中有九十九个不知道。
九十九个人，像是还没走出求爱的夜晚。
每个这样的夜晚都是一根钉子，更深地进入
或是又拔出了一点点。而那唯一告诉我
这些草叫什么名字的人，后来被证实

他的说法是错的。但是，你知道
我们最终会原谅语言的错误，
就好像语言曾原谅我们发明了它。
最正确的叫法往往靠不住，但是
你叫它们麒麟草时，却很形象——

这意味着，每个生动的名字后面
都有一个经得起历史磨损的故事。
比如，我比我古老。而你比我更古老。
而这些草比你我还古老。它们的名字得益于
麒麟身上的粗毛。但是，德国人或罗马人见过麒麟吗?

麒麟不希腊，怎么办?
眼见为实不启发死结，怎么办?
这个秋天的这个注脚，美丽的现场
再三委婉于安静。沉睡了一个夏天之后，
形象的毛不见了。清新的变形，

它们伸出的黄色手指，扎着堆，
在山坡上，在河谷里格外醒目。

它们的手指一直向天空伸去，
随着阵风摇摆，它们的抚摸比温柔还低调，
它们摸着我们用肉眼看不见的那只动物。

2012 年 3 月

女郎花丛书

光看这名字，就知道
世界已被诱惑。而我们混迹其中。
脸刚刮过，皮鞋也刚擦过。
头发梳得像是刚中过
闪电的彩票。衣服休闲得就像
云的真理正在度蜜月。
光看这形象，就知道世界
并未因我们而失去它的借口。
而有些借口，其实就是裂缝——
一个裂缝之后是另一个，
它们撕开了僵硬的表面，以及
比表面还表面的傲慢与偏见。
光看这鲜艳的姿态，就知道
它是从裂缝中长出来的，
而且，它穿越了不止一个裂缝。
它身上的黄，和最野的波斯菊有一拼。
它身上的黄，甚至令黄金感叹

你曾有过又失去的天赋。
但它不和你赌气，它和你赌
你对孤独发过的誓言。
它知道，假如离开此时此地，
它还会有其他的名字。所以，它养成了
这样的习性：用它身上特殊的异味
忠于你对你自己的最深的记忆。

2012 年 3 月

蘑菇丛书

悲观主义者很少会爱上蘑菇，
或像你那样，忠实于蘑菇带给你的感觉。
常识告诉你，没背叛过虚无的人
不会有兴趣了解蘑菇的精神——
它们的翻滚，甚至比肉体做得还好。

它们翻滚在平底锅里，翻滚在你的喉舌深处。
柔滑，鲜嫩，丝毫也不惧怕你
会夺走它们的一切。凡乐观主义者能想到的真理，
它们都会给出一种形状。凡你想隐瞒的事，
它们都能给予最深切的谅解。

它们闻到了小鸡肉的味道。
它们喜爱大蒜和西兰花签下的合同。
它们撑开的伞降落着，降落着，直到在你心里
变成了一个营养丰富的小神。
消失和消化的区别也许

没有你想的那么大。在消失之前，
他从里面递出一份新菜谱，
请求下一次你能更耐心地咀嚼
蘑菇身上的暗示。还从未有过一种暗示
比它们更接近宇宙的暗示。

2008 年

樱花丛书

从生与死的纠结中
它们提炼出这份美丽，
属于它们的美丽仿佛也属于我们。
它们拥有美丽，就好像我们也曾美丽过。

我羡慕它们仍然拥有天真的问题。
它们漂亮吗？当然漂亮。它们能漂亮到很远的地方。
它们绚烂吗？当然绚烂。它们能绚烂到肌肤以内。
它们是礼物吗？绝对是，并且完全免费。

它们的花海几乎比海还大，
且走到哪里，都会悬在你的头上。
那么，汹涌的，会是什么呢？
汹涌的花瓣将我的敏感变成了一种责任。

在它们面前，我们还有好多事情要做，

在它们面前，我们的无辜仿佛是可能的，

在它们面前，我们的解脱是短暂的，

但在我们面前，它们只是它们自己的春之舞。

2011 年 4 月

绣球花丛书

我测试我的轮回时，这六月的花
是一道题。以前，我只是听说过
有的填空题出得很活，比灵活还活，
但从没想到，这竟然是真的。

许多空白，像挖过的坑，
等待着被填满。而代表着空白的
那些横线看上去很单薄，
其实却结实得像硬木做的床板。

怎么填，表面上限制得很死，
但其实也可以很活。我是我的空白，
这意味着一种填法。我从不是我的空白，
这又是一种填法。

我说过那些空白很像挖好的坑，
而那些横线像床板，但真的躺下去后，

感觉完全不同。你会觉得这些花
丰满得如同生活的乳房。

躺在第一个空白里时，我觉得
人不只是人的尸体。即使上面撒满了鲜花，
也不会改变什么。躺进第二个空白时，
在坑里的感觉很逼真，但更逼真的是，

人，其实从未真正进入过他的尸体。
与此相似，人其实也很少走进他的生活。
大部分生活中，人看上去好像已经在里面了，
所以，不会感到这些粉团花像生活的乳房。

2011 年 6 月

云南酸角丛书

童年的小过失中它常常是
必不可少的同伙，瘦长的热带身材，
脆裂的陈皮内有陌生的甜
一再点拨甜的陌生。原来这家伙
就是罗望子。从非洲一直魅力到
印度人发明了咖喱。微妙的柠檬酸
尽管那时还缺少文字说明，
但它的诱惑是成功的；
它诱惑我想到高高的标语墙后
更多的猪肉和白米。
但现在看来，它的安慰似乎更成功——
带着圣婴的形状，它潜伏到
我的胃口中，就好像艰难的世事里
我们的记忆是否深切，
最终是由我们的舌尖决定的。

2014 年 3 月 30 日

热带水果摊丛书

椰子堆得像是有只小象
躺在顽皮的里面。母亲般的热带，
绿夜甚至从中午就开始了——
多节的甘蔗既是它的指针，
也是我的指南针。等红绿灯时，
每个风景都颤动一对膝盖。
但事实上，除了陌生的咀嚼
以及咀嚼陌生，我几乎无处可去。
软硬都很味道，我的咀嚼挖我
就好像我是我从未打通过的洞。
洞口附近，佛头果从台湾引进，
一转脸，就变成了番荔枝；
特别甜，串通特别甜，
还没来得及像金丝猴一样调够皮，
就被拉入了抗癌的小分队。
而阳桃的样子很好看，但味道
却完全辜负了它的外表；

不仅如此，它的目光绿得像
小作坊里腌制的泡菜。
成熟的木瓜一点也不无辜，
比乳房更乳房，几乎没给
身边的美人留什么面子。
还是番石榴听得懂蜜蜂的留言，
知道怎么给我留些面子。
比如，我健康得就好像手里的
番石榴是晚餐前的一小瓶药。

2014 年 1 月 25 日

距离五指山还有三十公里丛书

新认出的植物名叫郎德木，
怎么看，都比好有情调还楷模。
斜坡上，小果咖啡从容于
你已在云南领教过它的魅力——
它的黑池塘加热后，会变成一杆标枪，
投向你身体里无名的野兽。
这样也好。即使你现在从事的工作
已使你忘记我们曾是出色的猎手，
你身体里至少还有只猎物——
在标枪投中前，它是机敏的。

2014 年 1 月 24 日

卷七

给苏东坡的信，或过儋州丛书

平生生死梦，三者无劣优

——苏轼

从前，只有漫游，不同于今天
你只能陷入无边的旅游。
从前，峰峦如黛绿的磨盘，
从流水和远景里碾磨出
古老的颗粒。它们的饱满不同于
我们今天只知道依赖反感。
即使大意时，不小心混入
词语的颗粒，它们也从未被误服过。
一切新鲜都源于你能在新鲜的风物中
及时地忘我。你不必分神于分身术，
也不必提防自我的迷失。
半路上，你只和圣徒竞争新的世界记忆。

2014 年 1 月 26 日

呀诺达*丛书

山药和土鸡特色在雨林谷深处；
温泉发动泡沫，濯洗一个绿夜。
巨人偷偷向你问好。

陌生地，山色膨胀成本色。
接着，番石榴向你请教一个十足的偎依。
还没回过神来的话，就和槟榔树比早起吧。

此地生动于天堂竟还能被借用多次。
效果也很突出：上山时，你不过是游人；
下山时，你已是你的过客。

2014 年 1 月 16 日

* 呀诺达，位于海南，是中国唯一地处北纬 18 度的热带雨林。

空拳般的黄花岭丛书

其实，从一开始，诗
就没有对手。就好像生与死
不过是一种起伏。而鹤，颤动着
浩渺的小扇子，反动我们
不配在倒影中温习我们的孤独。

向西望去，连绵的峰峦
似乎也站在起伏这一边。
有点意思的意思莫非就是，
我们原本也没有对手。
我们怎可能误解这些山水呢。

五月比四月更像仿古的器皿，
空气里飘着花粉和尘埃。
有时我不免会想，无论怎样
至少空气，没埋没过我们。
生活在别处瞒不过

自然的召唤：至少在这里，
太行山酝酿赤手，从野蔷薇
到金钱豹，甚至峭壁，均可报名。
我报名的时候，天已快黑了。
山上的风果然解渴，

而晚霞像牙医，从无限好中
拔出了一颗巍巍的漏洞。止血时，
山下的城市已开始灯火点点；
从这个角度看去，有关的权力的黑洞
纯粹是一个天大的误会。

我们错过了花期，但山坡上
野玫瑰却依然如摊开的棋谱。

意思是，一旦依偎过轮回，
只消一侧身，袅娜的黄花岭
便猛烈如一记的空拳。

——赠沉河

2013 年

神农山丛书

本地的抽象只剩下
和新落成的院子里新栽的
核桃树一起怀旧，
铁杆山腰里的怎么铁
显然比野玫瑰身上的金子
更耿直。紫白薯好吃得如同
大熊星刚掉过一颗智齿。
其他的暗示，最好是
听凭山野菜来补充；
而且事实上，也是如此。
没错，加了蒜泥，凉拌才不管
你去没去过李商隐的墓地呢。
从黄花岭返回的途中，
野兔为我们演绎飞跑的前身。
私底下，我痛恨过客
是我们的底牌。到哪儿去冲洗
怀旧怀出的一身冷汗呢。

对蚂蚁而言，我们尚未喝完的
酒，永远是蝴蝶的瀑布。
哦，飞溅。我没有怪癖恰如我的怪癖是，
我不相信只有少数几个人
懂得这一点。任何时候，
与其说我们不如我们的旧，
莫如说我们正如我们的旧。
走出朱载堉纪念馆，我的影子
未必不是我的旧址；
再转念，就有点欺负
古迹的简陋了。毕竟这世上
的确有过最重要的发现。
比如现在，我们也可以假定
新诗就是一座黄钟。十二平均律
敲打不开窍的音乐迷，犹如晚风

向晚霞兜售多元。三天之内
不乏好多年前，而怀旧的本意似乎是，
眼前就有神秘的友谊。

——赠森子

2013 年

伊斯坦布尔丛书

空气里不断有绳子松开的响声，
而有些吹过来的空气本身
就像一股瓦蓝的绳子。我看见海鸥
系紧的扣子，鸬鹚只需兜个小风
就能把它们解开。最先被松开的，
当然是，蓝。那是什么东西？
因为蓝而变得傲慢。但是，蓝，
从未像我们那样犯过傲慢的错误。
我希望我能正确得再慢一点。如果可能，
我宁愿正确地成为最慢的人。
纪德吃过的鱼就比瓦雷里眼中的蜥蜴
慢得真实而完美。卡瓦菲斯喜欢吃东西，
在北京时间里叫茄子泥；至于镜子，
不论谁用过的，常常会因蜂蜜而昏厥过去。
伟大的慢人。嘿，难道你
不觉得茴香酒好喝得足以令世界
保持一种微妙的平衡。但假如你不熟悉

事物的内部，这些很可能是后话。
码头上，溜达的狗，不论大小，
觉得所有的人都是自己人；
不信？你可以去问问裤兜里的火腿肠。
六月的美丽的早晨。暗号是，
诸神渴了。对，还是不对？
你都能得到一份属于自己的礼物。
走马，是一套，观花，又是一套；
但不是友谊出了问题。需要摆脱的事物
和需要酝酿的事物在这里交织成
棕榈树下的偶像。我假定这陌生的城市
已陌生到不再需要我的耐心。
改造，即打乱感观。其次才是

打乱时间。抱着偏见，面对真理。

通灵人，一再改头换面，因肩负着全体的责任，

所以，他现在要替我们去喂猫。

2012 年 6 月

比早餐更早的马尔马拉海丛书

随波涛改变的事物
提前显形了。我没有触角，
但这并不妨碍我坐在蜂蜜的秋千上
吃带翅膀的早餐。

小小的桑葚，给土耳其酸奶注入了
白云的真理。请随意品尝的结果是，
这自由有点发黏，但可随时涂进婉转的肺腑。
我，快要认不出我了。但我会永远记得你。

我没有尾巴，怎么揪，都对我不起作用。
从护栏上轻轻一跃，一个消失
就能将我变成这陌生的街道深处的
任何东西。一片落叶，或一只刚刚交配过的猫。

我的疯狂是我比海鸥起得还早。
每一个间隔都不会输给汹涌的落差，

如此频繁地，我，破着我的秘密的纪录。

从烘烤的异味中，我贡献我。哪怕你已不在对面。

从码头上返回，鸽子只要一降落，

旁边就会有装满水果的篮子；我印象最深的是，

黄杏安静得像海豚的眼睛。他们说，马尔马拉海中没海豚，

我的总的态度是，请别担心。

2012 年 6 月

博斯普鲁斯海峡丛书

没有这深深的裂痕，它们
将永远也没机会看到
对方眼中的自我。它们的固执
独立于我们可以从我们的身体中搬走
最深的石头。但现在就下结论
还为时尚早。最酸的遗嘱中，
海棠有翡翠的表情。绿李子尖叫着，
滚下茴香酒的瀑布。最甜的记忆里，
鲜杏中的黄金已被动过手脚。
两岸的遗迹中，漫长的跋涉，
显然从草地上掠动的鹰影中提取了
带刺的启发。一只驯过的鸽子，
就能改变历史。所以，第欧根尼
只信任灯笼。而苏格拉底寄出的信中，
有一封只投递到伊斯坦布尔的
橄榄树下。它向任何敏感的动物开放，
它尤其喜欢猫来读它。而我读过的最好的哲学，

假如在离地半米左右的地方，
影子比阳光更正确的话，它的意思是，
完美的休息中有一个
最好的错误。我确信你以前肯定说过——
这一次，我休息得很完美。
我的听力现在很强大。说吧，
比骆驼臀部更高的新闻，还有哪些？
欧洲的脚，亚洲的鞋。试穿之后，
梦，像一个暗红的尺码。任何衡量
都抵不过一次秘密的教训。
一周之内，我往返了很多次，以至于我的目光
可以轻易地在两岸之间搭起一座桥。
桥下，小猫结伴数着防波堤上的漏洞
有多少适合充当临时的天堂。

只要风力稍一减弱，海水和影子
便开始当着我们的面，交换时间的奖品。
只要我摊开手，你的手上
便栖息着礼物，比葡萄的翅膀还要入木三分。

2012 年 7 月

通往金胡杨林丛书

假如你能把你的生活带到那里，
你就会知道，荒凉曾令浩瀚完美。

假如你能把人的生活也带到那里，
你会明白，荒凉不同于命运，它有很多秘密。

它有惊人的秘密，不同于你心想
你要是早几年来就好了。

这遗憾，或者这沙暴，或者，这遗憾的沙暴
会席卷你和语言之间的麻木吗？

落叶已投你一票。荒凉，一直是表面现象；
完美的浩瀚也是，只不过面积更大。

给荒凉一耳光，荒凉会纠正所有的真理。

给浩瀚一个吻，你就会知道你不仅仅是一个过客。

2012年10月

冰岛温泉丛书

梦，梦见冰爱上了融化，
巨大的冰在平静的融化中流向赤裸的自我。
擦干之后，毛巾搭在镜子的深处，
如同一条蛇刚刚完成蜕皮。

冰，梦见梦正在挖一个大坑。
十座火山未必能填满它，因为它的名字叫冰岛温泉。
和它相比，很多地方的温泉都显得很假。
它不会出卖你的秘密。此外，水温很合适，

冷热的布局比一盘棋还要合理。
在泡过日本的温泉之后，我还去过
北京的温泉。没法比，怎么知道仁慈
有硫黄的味道？也许，凡和皮肤有关的，

比较本身就显得很奇怪。
它是世界上最遥远的温泉，严峻的环境中的

一个就等着你去拆封的礼物。当你脱下衣服，
裹在它上面的包装纸，也随即脱落。

它露出它的音乐，冒着热气演奏
已融化在它里面的东西有可能是世界上最好的。
它带给你的启示，先沿着毛孔试探是否礼貌，
随即热情得就像水里有一对企鹅一直在潜水。

2010 年 9 月

雷克雅未克丛书

我到达的前一天，人们刚用鸡蛋
袭击过总理府，但墙上留下的划痕
显然是啤酒瓶的杰作。没什么好遮掩的，
尽管拍照。政治就是给愤怒擦屁股，
用从地上捡起的金黄落叶。

不嫌脏，傲慢才会老练于艺术呢。
主要街道就那么几条，每条都成熟得
像教堂里的长椅。一个月前，国家宣布破产，
但鲸鱼带来的收入并未减少。
邪恶很简单，只要你吃过鲸鱼肉。

海湾舔着余晖，向天鹅和海鸥示范
打过折的天堂。野雁只认面包，不认你
是否来自北京。它们的迎宾仪式很热情，
将你递过去的面包屑全部藏进了
一个比身体更深的洞穴，

然后，转动着脖子，暗示你该去听
本地的音乐。比约克的歌声
曾教会我热爱世界中的世界，
天堂无非是自我的另一面。
或者，我完全搞错了。黑暗中的舞蹈

不是为自称是普通人准备的。
特别地，荒凉帮助我们去克服真理不只有一个。
我有什么资格使用我们？以前，
这是个问题。而在雷克雅未克，
我突然回过神来，这根本就不是什么问题。

神秘的背景里有神秘的障碍，
我听不懂它的语言，但我知道

冰岛乐队里，有宇宙中最棒的歌手。

火山的对面，有不信邪的世界末日迷

正走出毛衣店，手拿着一整张海豹皮。

2010 年 10月 雷克雅未克—北京

能登半岛丛书

我认得这样的夏天——
漫长的冬天像是它的牢笼。
压力不小啊，但是栏杆和栏杆之间的距离
已被碧蓝的海浪扩大。自由的原始定义
是景色。并非越大越好。甚至不自由
也并非是一个政治问题，而是自然
是否还能带来机会的问题。没想到吧。
飞翔的海鸥，一会儿像白手套，
被人从看不见的蓝色洞穴里扔出；
一会儿像浅色的手绢，被人从隐形的窗户边挥舞。
这两个小动作一再重复，因此，
你，是你遇到的多少年前的一位古人呢？
一千年前，够不够？或者，两千年前，
大海为大湖搬家。刚刚发明仙境
帮聪明人躲避人性的阴暗。没有人
是他自己的傻瓜。沙子埋过的任何东西
不会超过一百年。但没有为自己准备过沙子的人，

也不见得就精通欲火。因为不是本地人，
也许我可以说，这里的沙滩上
遍布着世界上最好的沙子。
意思就是，你把手伸进沙子，
你能感到沙子下面还有另外的手
早已等在那里。来，握一下。
即使带着硬硬的壳，也很友好。
来，傲慢一会儿，反正在沙子下，
只有心花是无根的。来，走神一小时，
蠕动未必就不是激动。但是，
大海的涌动似乎更喜欢推荐
另外的例子。一番海鲜之后，
永恒还是老样子。但是，它老得新颖。
因为，凡是依赖瞬间的事情，
都躲不过瞬间只是，两片美丽的树叶之间的
错误的比较。凋落的树叶，
不会是全部。涌起的海浪，

也不会是全部。它们只是无损于
你我的完整。你情趣于海浪，
我就会战栗于树叶。因为，就像眼前的
这些执着的起伏，诗的孤独
能有节奏地带来唯一的拯救。

2011 年 8 月 金泽